CORINA KÖLLN

Die Rosenkönigin

Buchverlag Peter Hellmund

CORINA KÖLLN

Die Rosenkönigin

Ein Würzburg-Heidingsfeld-Krimi

Für meine Mutter,
die eine echte »Hätzfelderin« war,
und für meine Familie, die in schweren Zeiten
zusammengehalten hat.

»Wenn du die Gartentüre hinter dir schließt
und dann als Erstes die schönen roten Rosen wahrnimmst,
sollst du wissen, ich bin immer bei euch.«
(Erinnerung an Monika Kölln)

Die Handlung und die handelnden Personen dieses Romans sind frei erfunden. Jede Ähnlichkeit mit toten oder lebenden Personen oder Persönlichkeiten des öffentlichen Lebens ist nicht beabsichtigt und rein zufällig.

PROLOG

Die nassen blonden Zöpfe umrahmten das schneeweiße Gesicht. Ihr Blick war starr auf die tanzenden bunten Blätter gerichtet, die als erste Vorboten den Herbst ankündigten. Alles war friedlich, ruhig und still, nahezu idyllisch. Die ersten Sonnenstrahlen schienen auf ihr grün-rot-weißes Kleid und das helle Licht ließ ihre rehbraunen Augen ein letztes Mal aufleuchten. Die leicht verschobene Perücke verdeckte nicht die rote Blutlache am Hinterkopf, die erst auf den zweiten Blick zu sehen war. Als hätte der Körper sich zu einem Sitzbad in den Bachlauf gebettet und sich entspannt mit dem Rücken an dessen Ufer gelehnt. Diese elegante graziöse Haltung verlieh der schönen Frau eine Anmut, mit der sie sich, ganz ihrer Person würdig, für immer aus dieser Welt verabschiedete.

Ein stummer Schrei, den der weit offenstehende Mund mit exakt übereinandergereihten Zähnen freigibt. Große erschrockene Augen, ertappt und ängstlich der Gesichtsausdruck. Auch heute möchte das Hätzfelder Giemaul* am Rathaus einen Verrat verkünden. Etwas, das nicht aufzuhalten war. Es liegt in der Natur des Menschen und macht sie so verletzbar.

*Wahrzeichen von Heidingsfeld. Das Bildnis des Giemauls ist am Heidingsfelder Rathaus angebracht. Laut einer Sage verriet der Mann im Dreißigjährigen Krieg sein Volk an die Schweden, die daraufhin die Stadt einnahmen. Wenn der Glockenschlag tagsüber zu jeder vollen Stunde schlägt, öffnet und schließt das Giemaul seinen Mund und erinnert an die Schmach.

Nichts ist so, wie es scheint

1

In der Nacht hatte Frank Talberg wieder schlecht geschlafen. Ein altes Rückenleiden, das sich immer pünktlich zur kühlen Jahreszeit meldete. Als könnte es erahnen, dass die Ursache dafür vor zweiunddreißig Jahren im September passierte, als er sich noch in der Grundausbildung befand. München war für ihn bis zu diesem Zeitpunkt ein Inbegriff für Heimat, Gemütlichkeit und Geborgenheit gewesen. Er hatte sich dort sehr wohlgefühlt. Aber im Lauf der Jahre wurde ihm bewusst, dass dieser friedliche Ort, den er seit seiner Kindheit suchte, wohl nirgendwo auf der Welt zu finden war. Der Mensch allein ist sich der größte Feind auf Erden. Schmerzlich erlebte er diese Tatsache am eigenen Leib. Nachts weckten ihn oft die verzweifelten Schreie der Oktoberfestbesucher, die 1980 dem grausamen Attentat zum Opfer fallen mussten. Seit Jahren versuchte er, die Dämonen zu bekämpfen, die ihn besonders zu dieser Zeit quälten und die Freude am Genuss des ersten Federweißen milderten. So banal das auch klingt: Hauptkommissar Frank Talberg hatte gelernt, sich an den kleinen Dingen des Lebens zu erfreuen.

Am Mittwochmorgen durfte Talberg nicht zu viel vom Frühstück erwarten. Sabine, die Aushilfe, hatte Dienst und lag mit ihren Kochkünsten weit hinter der guten Seele der Weinstube, der alten Hedwig, zurück. Seit mehr als zwanzig Jahren genügte ihm das kleine Fremdenzimmer in der Klingenstraße, in dem er mit sich und seinen Erinnerungen hauste. Für Talberg waren der eigenbrötlerische Wirt und dessen alte Mutter Hedwig wie eine Familie, ohne aber allzu große Erwartungen an ihn zu haben.

Anfangs war das für viele Hätzfelder eine ungewohnte Konstellation, die für reichlich Gesprächsstoff sorgte. Aber mit der Zeit erntete der »reingeschmeckte« Hauptkommissar durch sein berufliches wie privates Engagement viel Anerkennung und Respekt.

Die Tür der Weinstube öffnete sich für Talberg viel zu früh an diesem Morgen. Der Eindringling, der gleich sein morgendliches Ritual stören würde, war sein Kollege, Kommissar Anton Strahl. Außer Atem kam er direkt auf seinen Tisch zu. Wie immer trug Strahl ein tadellos gebügeltes Hemd, das stets tief in seiner Hose steckte. Sein junger Partner war das komplette Gegenteil von Talberg. Er lebte mit seiner Mutter in einem kleinen Haus am Dürrenberg. Ohne Zweifel auch eine interessante Lebensform. Talberg konnte es nicht lassen, hier und da eine spitze Bemerkung gegenüber Strahl loszuwerden, wenn Mutter Adelheid die Brotzeit für Sohn Anton ins Polizeipräsidium am Rathausplatz brachte. Auch charakterlich unterschieden sich die beiden ernorm. Nichtsdestotrotz hatte Talberg gelernt, mit diesen Differenzen umzugehen, wo er doch in Strahl auch irgendwie einen Leidensgenossen der geplatzten Lebensträume sah.

✿

Mittwoch, 12. September, 8.15 Uhr
Ort: Heigelsbach, Bachbett unter der kleinen Brücke am Radlersaal

»Todeszeitpunkt zwischen einundzwanzig und dreiundzwanzig Uhr. Wie es aussieht, durch Genickbruch. Selbstmord wäre sehr fraglich. Wer stürzt sich von so einer geringen Höhe in den Heigelsbach? Das hätte wohl nicht ausgereicht. Die Lage des Leichnams lässt auch nicht auf einen typischen Sprung in den Freitod schließen, selbst rücklings bekommt man das so nicht hin. Sie ist eher überraschend über das Geländer heruntergestürzt und dabei mit dem Kopf direkt hier auf die Kante gefallen. Sie muss sofort tot gewesen sein. Ein Jammer um so viel Schönheit!«

Die Finger in weißen sterilen Plastikhandschuhen untersuchten flink und voller Routine den Leichnam der jungen Frau. Dr. Sarah Bergmann war eine Koryphäe auf dem Gebiet der Rechtsmedizin. Sie besaß einen trockenen Humor, der nicht jedermanns Geschmack war. Talberg vermutete: zum Selbstschutz, um den Anblick der Toten und die damit verbundenen grausamen Verbrechen zu ertragen.

»Du gehst also von Mord aus?«, stichelte Talberg.

»Ich kann nur medizinische Fakten feststellen, ermitteln müsst ihr. Nähere Angaben kann ich erst machen, wenn ich Marie auf meinem Tisch hatte.«

In den sonst so lebendigen frechen blauen Augen seiner Kollegin sah Talberg große Betroffenheit. Eine Träne löste sich aus dem rechten Lid und eilig wischte Sarah Bergmann, diesen Ausdruck von Trauer mit dem Handrücken ab. »Du hast den Bericht spätestens morgen Früh auf deinem Schreibtisch. Ach ja, die Beamten von der Spurensicherung haben im Bachbett ein Handy gefunden. Könnte das von der Toten sein.«

Schnell kletterte sie auf der kleinen Leiter hinauf zur Brücke und lief im Stechschritt zum Wagen der Gerichtsmedizin. Dabei vermied Sarah Bergmann jeden Blick zurück zu dem mittlerweile abgedeckten und transportfähigen Leichnam der schönen Marie.

Am Tatort nickte sich das Polizeipersonal stillschweigend zu. Dass die Tote Marie Gutberg war, wusste jeder, auch ohne irgendwelche Personalien einzusehen. Marie war über Heidingsfeld hinaus nicht nur als ehemalige Würzburger Weinprinzessin bekannt gewesen. Für alle Faschingsnarren war sie jedes Jahr ein Augenschmaus als Tänzerin der Fasenachtsgilde Giemaul. Als Mädchen für alles im Weingut ihres Vaters hatte das fröhliche offene Naturell bei den Erntehelfern und Gästen für gute Laune gesorgt. Wie konnte es zu so einem tragischen Ende der jungen Frau kommen? Talberg sah die tanzende Marie vor sich. Ihre langen makellosen Beine, die sie gekonnt und voller Schwung in die Höhe riss, bevor sie gleich darauf federleicht in den Spagat überging und dabei ihren Zuschauern das schönste Lächeln schenkte. Das innere Bild passte nicht zu dem gerade erlebten grausamen Anblick ohne Licht und Leben.

✿

»Gestern Abend war im Radlersaal Gardetraining und es wurde später als sonst. Der Hausmeister hat weder etwas gehört noch gesehen. Gegen vierundzwanzig Uhr ist er durch den Hinterausgang über die Klosterstraße nach Hause gegangen.«

Anton Strahl stand neben Talberg und musterte seinen Chef aufmerksam. Diesen abwesenden Blick kannte er bereits. Besonders wenn es sich bei den Toten um junge Frauen handelte. Was muss dieser Mann bloß für eine Vergangenheit haben. Als Chef war er ohne Frage fair und korrekt, wenn auch sehr eigen. Aber gerade bei solchen Fällen wünschte sich Anton Strahl einen Hauptkommissar, dem nicht die Spuren von bereits Erlebtem für die Dauer der Ermittlungen im Weg standen und wochenlang für schlechte Laune sorgten.

»Wollen Sie mir jetzt als Neuigkeit verkaufen, dass Marie vor ihrem Tod trainiert hat? Das hätte ein Blinder feststellen können durch Ertasten der blonden Zopfperücke und des Kostüms und ganz zufällig lag sie fast vor der Eingangstür des Radlersaals. Mensch, Strahl, sie sind gebürtiger Hätzfelder!«

Genau da war wieder so ein Moment, in dem Strahl dachte, Mutter hatte wie schon so oft Recht. Wäre ich nur Postbeamter oder Bänker wie Onkel Heinrich geworden. Zwar weitaus weniger abenteuerliche Berufe, aber mit Aussicht auf eine halbwegs unverkorkste Seele.

»Ist schon gut, Strahl. Befragen Sie alle Anwesenden des gestrigen Abends. Wir sehen uns dann später auf dem Präsidium. Ich fahre zum Weingut Gutberg und regele dort alles Nötige.« Um die Situation zu retten, fragte Talberg: »Gibt es heute wieder frisch gebackenen Kuchen von Mutter Adelheid?«

»Pflaumenquarkstreusel mit Zimtzucker nach Tante Edeltrauds Rezept.«

Schüchtern lächelte Strahl, kehrte Talberg den Rücken zu und machte sich auf den Weg über das Speierloch zurück zum Polizeipräsidium. Streuselkuchen würde Talberg jetzt auch besser schmecken als die Tatsache, einem Vater den Tod seines einzigen Kindes mitzuteilen.

Das sonst so lebendige Weingut wirkte leer und verlassen, fast gespenstisch im dunklen Licht des Himmels, das ein Gewitter ankündigte. Es schien fast so, als hätten die schwarzen Wolken den Auftrag, die Nachricht von Maries Tod den Gutbergs zu überbringen.

An einem der Tische in der Gaststube saß Anna Gutberg und schälte Kartoffeln. Selbst bei einer so banalen Tätigkeit hatte die stolze Frau eine anmutige Körperhaltung. Marie kam ohne Zweifel ganz nach ihrer Großmutter. Alteingesessene Hätzfelder nannten Marie deshalb die junge Anna Gutberg. Ihre anziehende, neugierig machende Ausstrahlung, die durch eine natürliche Schönheit noch unterstrichen wurde, würde die in die Jahre gekommene Frau wohl bis ins hohe Alter behalten. Ein spöttisches Gerücht, dass die Gutbergs nur deshalb »mit Schönheit und Anmut« dem Weinbau nachgehen, weil sie vor langer Zeit ihren Adelstitel verkaufen mussten, bekräftigte noch die Hochzeit von Anna mit dem Winzer Hans Maier. Bis zu seinem Tod trug er den Namen der Ehefrau und stand mit Geist und Schönheit mehr als nur im Schatten der Gattin. Damals für Hätzfeld ein Skandal, über den vorsichtshalber hinter vorgehaltener Hand getuschelt wurde.

Das Verhältnis zwischen Marie und ihrer Großmutter war oft angespannt gewesen, gerade nach dem Tod von Maries Mutter vor vier Jahren. Die damals Fünfzehnjährige suchte Halt und Zuspruch bei ihrer Großmutter, den sie aber nicht immer so bekam, wie es ihr gutgetan hätte. Anna Gutberg war eine dominante Persönlichkeit, die gerne anderen Mitmenschen ihren Willen aufzwang.

Auf der Türschwelle hielt Talberg kurz inne. Er versuchte eine Einleitung für die tragische Botschaft zu finden. Er kannte dieses Gefühl nur zu gut, diesen Augenblick der nackten Wahrheit, der das bisherige Leben ganz klein werden ließ. Alles geriet ins Wanken, bitter und knallhart, ohne Vorahnung. Selbst Alkohol, lang durchzechte Nächte mit zahlreichen flüchtigen Frauenbekanntschaften füllten das entstandene Loch im Herzen nicht.

»Grüß Gott, Frau Gutberg! Schlechtes Wetter heute für die Weinernte!« Wie konnte er nur so ein ernstes Gespräch beginnen. Irgendwie musste er noch die Kurve kriegen. Schließlich war er nicht der Briefträger, sondern der Hauptkommissar von Heidingsfeld. »Wie ich sehe, haben Sie viel zu tun …«

»Ist mein Sohn mal wieder zu schnell gefahren? Warten Sie, das haben wir gleich. Elsa, Elsa, sei so lieb und hole mir die Tageskasse und einen Weinbrand für den Herrn Hauptkommissar.«

»Nein, Frau Gutberg, das ist nicht nötig.« Talbergs Mine wurde ernst. »Ihr Sohn ist nicht zu Hause? Es wäre gut, wenn Sie ihn verständigen könnten.«

»Ich glaube, wir beide können die Angelegenheit auch zu zweit regeln, meinen Sie nicht? Schließlich bin ich über alles auf dem Weingut im Bilde. Ich erledige sogar noch die Buchhaltung. Wenn es wegen der Saisonhelfer ist, bei uns läuft alles korrekt ab. Sie können gerne alles überprüfen.«

Lächelnd, aber bestimmend erwiderte Talberg: »Das ist nicht mein Aufgabengebiet, Frau Gutberg. Ich habe ein anderes Anliegen und würde jetzt gerne mit Ihrem Sohn sprechen.«

»Manfred ist, wie Sie schon selbst festgestellt haben, nicht hier. Nun reden Sie schon, ich habe nicht den ganzen Tag Zeit!«

Zornig und ungeduldig knallte Anna mit ihrer Hand auf die Tischplatte. Für diese Art von Konversation hatte sie sich den Falschen ausgesucht. Talberg hasste solch ein Auftreten. Er konnte auch anders, selbst in dieser tragischen Situation.

»Gut, wie Sie wollen, Sie sitzen ja schon. Ihre Enkelin Marie wurde heute Morgen tot aufgefunden. Näheres ist noch nicht bekannt. Bitte halten Sie sich für weitere Fragen zur Verfügung. Ihr Sohn soll sich umgehend im Polizeipräsidium zur Identifikation der Leiche melden.«

Anna Gutberg begann zu lachen. Erst leise und dann immer lauter, wie eine große Filmdiva in einer bizarren Szene. »Sie Dummkopf, was sind Sie nur für ein Dummkopf. Marie ist bei Markus, ihrem Freund. Immer von Dienstag auf Mittwoch übernachtet sie dort. Er holt sie vom Training ab und dann gehen sie zu ihm. Ich bin damit gewiss nicht einverstanden. Aber Markus ist immerhin ein anständiger und tüchtiger Winzer. Jetzt, wo Marie ihr Abitur bestanden hat, werden die beiden bald heiraten und das Weingut übernehmen und ...«

Talberg legte ein Foto vom Tatort mit der leblosen Marie auf den Tisch. »Ist das Marie, Frau Gutberg?«

Anna hielt das Foto in den Händen und musterte die abgebildete blasse Frau. »Wie können Sie nur, Sie aufgeblasener Möchtegernpolizist ...«

Anna sah den Eindringling in ihr mühsam zusammengehaltenes, stets nach Perfektion strebendem Leben mit einem vernichtenden Blick an und erhob sich, um auf ihn einzuschlagen.

Ruhig hielt er die Hände der alten Dame fest, um sie wieder sicher auf ihren Stuhl zu bugsieren. Er hatte Mühe, sie zu bändigen, denn Anna Gutberg schlug laut schreiend um sich.

»Mutter, Mutter, beruhige dich!«

Manfred Gutberg eilte in die Gaststube und umarmte die sichtlich Erschöpfte, die laut weinend in seinen Armen versank.

Manfred Gutbergs Blick verriet alles. Die Buschtrommeln in Heidingsfeld funktionierten zu gut, was Frank Talberg gerade in solchen Momenten hasste. Unnatürlich sanft sprach Manfred: »Ist schon gut, Frank, ich komme gleich nach und dann können wir in Ruhe reden.«

2

Der Regen bildete große Blasen auf dem Asphalt und spülte die letzten sichtbaren Spuren des Verbrechens ins Nirgendwo. Doch die Auswirkungen der Tat waren in jedem Winkel von Heidingsfeld deutlich spürbar. Dafür bedurfte es keiner klar erkennbaren Beweise mehr. Paula Sprung stand am Marktplatz, umringt von zahlreichen Regenschirmen, die von weitem einem bunten Zelt ähnelten. »Des war die Gudenberchs Marie, wenn ich's euch doch sach! Habs doch selber gsehn, wie sis abghold ham. Ke Wunna bei derre Großmudda.«

»Ach, geh weida, du bist doch nur eifersüchtich, weil dei Hans, Gott hab ihn selich, damals die Anna gnommen hat und ned dich.«

Gelächter brach aus und die sichtlich verärgerte Paula, von allen nur die »Gscheide« genannt, erwiderte jetzt beherrscht und mit leiser Stimme, um ihr Gesicht zu waren: »Is ned gud, wenn mer so schee und dalendierd is, da hat mer immer Neidische- Wer so schöö is, der muss eifach auf so a Ard sterben.«

»Diese These ist ja sehr interessant«, kam es aus der hinteren Reihe. »Dürfte ich die gut informierte junge Dame um ein Interview bitten?«

Gekonnt gewählte Worte zeichneten den dynamischen Journalisten Mike Funke aus. Er war seit kurzem die neueste Errungenschaft des Mainblatts. Immer sofort und überall zur Stelle, was nicht unbedingt für Begeisterung sorgte.

Paula Sprung stolzierte mit erhobenem Haupt, um ihre Wichtigkeit noch zu unterstreichen, durch den freigemachten Weg der jetzt respektvoll schauenden Runde. »Ja wo fang ich denn an ...?«

»Am besten bei Ihrer Hausarbeit, Frau Sprung.«

Hauptkommissar Talberg erschien wie aus dem Nichts und baute sich provozierend vor Mike Funke auf. »Ich warne Sie, Funke, noch mal so eine Berichterstattung wie beim letzten Mal, die unsere Polizeiarbeit behindert, und es hat für Sie schwere Konsequenzen.«

Mit einem Grinsen trat der Reporter nah an Talberg heran und sprach kaum hörbar: »Talberg, Sie verstehen nichts von gutem Journalismus, der sich verkaufen lässt. Wir alle müssen schauen, wo wir bleiben. Seien Sie lieber froh, wenn es noch keinen Film über die Tat auf YouTube oder so zu sehen gibt. Im Internet lauert nämlich die Gefahr. Ich mache nur meine Arbeit und komme der Informationspflicht unserer Tageszeitung nach.«

Selbstsicher schlenderte er an Talberg vorbei und drückte dabei Paula Sprung seine Visitenkarte in die Hand.

Eine bedrückende Stille machte sich breit und wurde von der »Gscheiden« sogleich unterbrochen. »Also, i muss fei wirklich mal mei Hausarbeid mach und ...«

»Sie, Frau Sprung, kommen sofort mit aufs Präsidium. Wie ich gehört habe, haben Sie eine wichtige Zeugenaussage zu machen.«

Jeder kannte Talberg und wusste, dass er die Polizeiarbeit sehr ernst nahm und mit ihm deshalb weiß Gott nicht zu spaßen war.

3

Aus den dezent rot geschminkten Lippen drangen klar definierte Worte, die sachlich über neueste Erkenntnisse im Fall Marie Gutberg berichteten. Sarah Bergmann blickte in die Runde ihrer Kollegen, die sich aus Frank Talberg, Anton Strahl und der Sondereinheit der Kriminalinspektion Würzburg zusammensetzte. Der Leiter der Dienststelle, Peter Bergmann, versuchte eine entspannte und professionelle Haltung einzunehmen. Der Ärger des vorherigen Gesprächs mit seiner zukünftigen Exfrau Sarah stand ihm noch ins Gesicht geschrieben. Es ging mal wieder um die gemeinsame Tochter Miriam. Auf dem Schreibtisch der Gerichtsmedizinerin stand noch ein Familienfoto aus glücklichen Tagen. Ein Beweis der noch frischen Wunde der gescheiterten Ehe. Aus dem Augenwinkel betrachtete Talberg Jonas Klein, der eifrig alle gehörten Informationen mitschrieb. Klein war noch in der Polizeiausbildung und absolvierte gerade ein Pflichtpraktikum.

»Also, ich fasse noch mal zusammen: Es hat wohl ein Kampf stattgefunden zwischen dem Opfer und dem Täter. An Maries Bluse wurden zwei Knöpfe abgerissen und ich habe unter ihren Fingernägeln Hautfetzen und Textilfasern gefunden. Ich hoffe, diese Spuren sind noch brauchbar für uns, schließlich hat unsere Schöne schon einige Zeit im Wasser gelegen. Todesursache, wie schon vermutet, Genickbruch zwischen einundzwanzig und dreiundzwanzig Uhr. Die Auswertungen von Maries Smartphone haben wir, wenn es gut läuft, in ein paar Stunden. Dann wissen wir mehr. So viel erst mal von meiner Seite.«

Sarahs Zuhörer unterstrichen das gerade Berichtete mit einem anerkennenden Klopfen auf die Tischplatte. Talberg erläuterte noch kurz den möglichen Tathergang anhand der Fakten und bedauerte im Stillen, dass es ein Mord war. Wieso dachte und empfand er so? Gab es bei einem Freitod nicht auch Schuldige? Talberg konnte einfach nicht ertragen, dass durch eine einfache menschliche Emotion, durch ein Recht, das sich jemand herausgenommen hat, ein hübsches junges Mädchen selbst keine Wahl mehr hatte zu leben oder zu sterben.

Abschließend berichtete Anton Strahl über die Befragung der Gardemädchen, die am Dienstagabend mit Marie im Radlersaal trainiert hatten. Sie hatten ausgesagt, dass Marie so gegen halb zehn zu einer Verabredung aufgebrochen sei. Mit wem sie sich treffen wollte, wusste keine der Tänzerinnen. Ihre beste Freundin Sophia Maier war an diesem Abend nicht zur Generalprobe für den am Samstag stattfindenden Tanzwettbewerb erschienen. Alle waren aufgeregt und jeder einzelne Gedanke galt alleine dem Turnier. Keines der Mädchen hatte deshalb irgendetwas von der Tat mitbekommen. Um den Hausmeister bei der Saalvorbereitung für die Veranstaltung am folgenden Tag nicht zu stören, hatten alle den Hinterausgang zur Klosterstraße benutzt.

»Gibt es bereits brauchbare Informationen von Passanten, die uns weiterhelfen?« Fragend blickte Bergmann in die nachdenklichen Gesichter seiner Kollegen.

»Ja, es gibt eine Aussage von Frau Paula Sprung und ...«

Talberg sah Anton Strahl entsetzt an. »Und die ist gewiss nicht brauchbar, Herr Strahl!«

»Woher wollen Sie das wissen, Hauptkommissar Talberg? Wir müssen jeder noch so kleinen Spur nachgehen«, erwiderte Bergmann.

Trotzig wie ein Kind schlug Talberg die Akte auf und begann nach Paula Sprungs Aussage zu blättern. »Wenn es nach der Alten geht, ist jeder zweite Heidingsfelder verdächtig. Die Erläuterungen zum jeweiligen Motiv der angeblichen mutmaßlichen Täter zeigen deutliche Züge von Verfolgungswahn. Wenn das nicht schon zur üblen Nachrede zählt, dann ...«

»Sind Sie jetzt fertig? Dann beginnen Sie mit den Informationen, die diese Sprung uns liefert.«

Bergmann bekam Druck von ganz oben. Bürgermeister Helmut Stramm durfte sich so kurz vor der Wahl kein Desaster leisten und das ließ er Bergmann und Talberg spüren.

Talberg war der Fall wichtig und sonst nichts. Er hatte nie Interesse an einer großen Polizeikarriere gehabt. Anders jedoch Bergmann, der aufgrund seines Alters in diesem Fall eine letzte Chance sah, durch eine schnelle Aufklärung der Tat die restlichen Dienstjahre in einem gemütlichen Bürojob verbringen zu können.

Talberg zitierte gereizt Paula Sprungs Aussage: »Wenn Sie mich fragen, Herr Wachtmeister, dann war das der Postbote Nico Dürig. Der wohnt dahinten im Brunowerk. Das ist ja gleich am Radlersaal. Wissen Sie, der schaut den jungen Mädchen immer so nach und ledig ist der mit seinen vierzig Jahren auch noch. Ich glaube, der hat sich erst an der Marie vergangen und dann hat er sie an den Haaren zum Bach gezerrt. Dann hat er die Arme einfach von der Brücke geworfen.«

Unterdrücktes Lachen bestimmte die Atmosphäre im Sitzungszimmer.

»Danke für Ihr Vertrauen, Herr Bergmann. Auf dieser Basis können wir nicht zusammenarbeiten. Wenn Sie doch dazu bereit sind, Sie wissen, wo mein Büro ist. Gegenüber von dem Ihrer Frau, entschuldigen Sie, Exfrau.«

Talberg erhob sich von seinem Stuhl und ging. Sichtlich in Rage stürmte er über den Flur in Richtung seines Büros und kollidierte beinahe mit einem jungen Mann.

»Bitte, Herr Hauptkommissar Talberg, ich muss Marie noch einmal sehen! Sie war doch so etwas wie eine Schwester für mich!«

Talberg richtete, noch in Gedanken, den Blick auf sein Gegenüber. Es war Maries Freund Markus Pajak.

4

In Niklas' Augen spiegelte sich der blaue Himmel wider. Wie schön und geheimnisvoll Wolken doch sind. Unterschiedliche Formen und Farbfacetten erzählen Geschichten, die gerade real auf der Erde passierten. Damit die Menschen immer wissen, was um sie herum geschieht. Vor zwei Tagen hatte Niklas Maries Gesicht in einer der Wolken wiedererkannt. Sie hatte gelächelt und zu ihm gesagt, er solle nicht traurig sein, sie komme ihn auf diesem Weg öfters besuchen. Das hatte Niklas beruhigt. Der achtjährige Junge konnte stundenlang vor dem Haus auf der Holzbank sitzen und dieser Art von Beschäftigung nachgehen. Er war gewiss anders als andere Kinder in seinem Alter, aber eine Bereicherung für die Gesellschaft, wie Talberg fand. Einer von wenigen Mitmenschen, die nicht krampfhaft versuchten, so zu sein wie die breite Masse, um nirgendwo anzuecken oder gar unangenehm aufzufallen.

Frank Talberg stand am Gartentor und beobachtete Niklas, der ganz in einer anderen Welt versunken war. Das kleine Haus am Heigelsbach stand am Ortsende von Heidingsfeld Richtung Rottenbauer. Nach dem heftigen Gewitter strahlte der Himmel unterschiedlich helle Farben aus, die das Grundstück mit dem dunkelblauen Haus und dem träumenden Jungen davor mystisch wirken ließen. Vielleicht vermischte sich hier auch blühende Fantasie zu genau dem Ruf, für den Eva bekannt war. Die Naturheilpraktikerin wurde von allen nur die »grüne Eva« genannt. Von ihrem Heilkräuterwissen hatte schon so mancher verzweifelte Patient profitiert. Die Heidingsfelder redeten natürlich viel über Eva. Hexenrituale, schwarze Magie, alles trauten die Menschen aus dem Städtle* Eva zu. Dennoch war ihre Praxis stets gut besucht, obwohl natürlich kaum jemand laut zugeben würde, jemals von Eva Hilfe erbeten zu haben.

Zwei schwarze Katzen begrüßten Talberg, als dieser den schmalen Weg neben dem Kräutergarten zum Haus lief. Niklas erschrak und blickte Talberg mit weit aufgerissenen Augen an. Er sprang von der Bank und verschwand sofort hinter dem Haus.

»Hallo Frank!«

Talberg hatte Eva gar nicht bemerkt, die gerade noch neben einem der Beete kniete und jetzt sichtlich erfreut auf ihn zukam. Sie begrüßten sich mit einem Kuss auf die Wange.

»Niklas ist heute nicht gut drauf. Die ganzen Ereignisse machen ihm schwer zu schaffen. Du verzeihst also sein Benehmen.«

Kleine Sorgenfalten zeichneten sich auf ihrer Stirn ab und sie fuhr sich mit der Hand durch die schwarze Lockenpracht. Sie sah sehr erschöpft aus. Kein Wunder, dachte sich Talberg, ihrer Tochter Sophia muss es sehr schlecht gehen.

Mit verweinten Augen und bleichem Gesicht saß Sophia in der Wohnküche und nippte an ihrem Kräutertee. »Mir war am Dienstagabend nicht gut, deshalb bin ich nicht zum Training. Wäre ich doch nur da gewesen, dann würde Marie bestimmt noch leben. Ich bin schuld. Wir gehen immer gemeinsam bis ...«

*Mundart für Ortskern von Heidingsfeld

Ein weiterer Weinkrampf schüttelte das Mädchen. Eva beruhigte ihre Tochter und wiegte Sophia dabei in ihren Armen.

Auch wenn es jetzt nicht der richtige Augenblick für allzu harte Fragen war, Talberg musste seinen Job machen. »Hatte Marie in letzter Zeit Ärger?«

»Nein, nicht dass ich wüsste.«

»Wie war ihre Beziehung zu Markus?«

Talberg glaubte kurz Entsetzen in Sophias Augen zu sehen, als sie sehr rasch antwortete: »Markus hat sie geliebt, er hat sie sehr geliebt. Sie war die Einzige für ihn und sonst niemand anderes, verstehst du das, Frank?«

Talberg war über Sophias heftige Reaktion überrascht. Vielleicht sollte er aber auch nicht zu streng mit der Kleinen sein. Wieder etwas gefasster fügte sie noch hinzu: »Ich vermisse sie so sehr. Sie war doch so etwas wie eine Schwester für mich.«

Dieser Satz war Talberg nicht fremd. Umso mehr überraschte es ihn, genau dieselben Worte noch mal zu hören. Heute passte die Bedeutung der Aussage zu der Beziehung der beiden Mädchen. Gestern allerdings sorgte sie bei Talberg für Verwirrung. Irgendetwas stimmte hier nicht, dessen war er sich sicher.

Auf dem Weg zum Wagen entdeckte Talberg Evas Sohn Niklas in einem der Apfelbäume.

»Du, muss der Markus jetzt ins Gefängnis?«

Talberg runzelte verwundert die Stirn.

»Na, weil der am Dienstag heimlich bei Sophia übernachtet hat und Mutti gar nichts davon wusste.«

5

Manchmal glaube ich mich zu verlieren. Ich weiß gar nicht mehr, wer ich überhaupt bin. Was will ich und was will ich nicht? Für was stehe ich? Wer ist Marie Gutberg wirklich? Wer darf ich denn in meiner Welt sein? Wie viel Freiheit gewähren sie mir, ohne über mich herzufallen oder mich gar fallen zu lassen? Ich habe Angst davor. Angst, nein zu sagen. Ich will nicht mehr das brave perfekte Mädchen sein, das sich meine Großmutter wünscht. Auch ich habe Ecken und Kanten, bin ein Mensch aus Fleisch und Blut. Ich bin und will nicht perfekt sein. Manchmal fühle ich mich wie eine konstruierte Figur, die jeder super finden muss. Aber das alles bin doch nicht ich!

Es gibt da jemanden, der die wahre Marie wiederentdeckt hat, obwohl sie sich so weit in ihrem Inneren versteckt hat. Der ihr die Hand gereicht hat und sie wieder sicher an die Oberfläche gebracht hat. Zumindest Teile von ihr. Teile, die nicht wieder untergehen dürfen in einem Strudel aus Vorschriften und bereits entschiedenen Zukunftsplänen. Ich will nicht heiraten, besonders nicht Markus.

Aber verletzen kann ich ihn auch nicht. Er ist schon bei mir, seit wir Kinder waren. Markus war immer für mich da, gerade als Mama starb. Ich spüre aber nicht, dass er mich wirklich liebt. Dass er mich meint. Ich glaube, er liebt nur eine Vorstellung von mir, von uns. Er und ich und der Besitz des Weinguts. Seine Mutter hätte auch ausgesorgt. Oh Gott! Darf ich so überhaupt über ihn denken? Aber wenn ich es doch so empfinde!

Talberg lehnte an einem Baum im Obstgarten des Weinguts und überdachte das gerade Gelesene. Er hatte Maries Tagebuch unter der Matratze gefunden. Anton Strahl und Sarah Bergmann durchsuchten gerade das Zimmer des toten Mädchens. Sarah diente eher als diplomatische Schlichterin, um Anna Gutberg zu beruhigen, die ganz außer sich wild gestikulierend auf die Polizei schimpfte.

In all den Jahren Polizeiarbeit hatte Talberg schon viel Dreck an die Oberfläche schwimmen sehen, gerade bei hoch angesehenen Familien. Selbstaufgesetzte Masken, die das Spiel nicht mehr spielen konnten, der Druck wurde zu groß und die gesteckten Ziele waren ohnehin für die einzelnen Personen von Anfang an nicht erreichbar. Warum tun sich Menschen nur so etwas an? Für was und für wen? Etwa nur für Anerkennung und Ansehen?

Talberg lächelte verächtlich. Die kleine Gutberg tat ihm leid.

»Frank, kommst du bitte mal?« Sarah sah sehr verärgert aus. »Die Gutberg ist nicht mehr zu bändigen. Für ihr Alter hat sie noch sehr viel Temperament.«

Gerade das hatte Talberg noch gefehlt. Ein weiteres, wahrscheinlich unerfreuliches Gespräch mit Anna Gutberg.

Natalia Pajak stand hinter der Alten und massierte ihr die Schultern. Anna saß in einem alten Sessel am Holzofen und spielte die gestresste Diva. Talberg konnte diese ganze Szenerie nicht ertragen. Wie kann diese Frau so selbstsüchtig sein. Alles musste sich um sie drehen, dabei ist gerade ihr einziges Enkelkind Opfer eines Gewaltverbrechens geworden.

»Natalia, seien Sie so gut und holen Sie mir ein Glas Kamillentee aus der Küche.« Als sie Hauptkommissar Talberg wahrnahm, richtete sie sich ein wenig auf, um aber gleich von der Diva zum Elendshäufchen in ihrem Sessel zusammenzusacken.

»Ich kann gerne einen Arzt holen, wenn es Ihnen so schlecht geht, Frau Gutberg.« Talberg wollte sich auf keines ihrer Spielchen einlassen.

»Nein, nein, setzen Sie sich, es geht schon besser.« Sie beobachtete Talberg genau, um daraufhin festzustellen, dass es an der Zeit war, ihre Taktik zu ändern. Zweifellos kauft er ihr die trauernde hilflose alte Dame nicht ab. Schließlich räusperte Anna sich, um ein Zeichen zu setzen, dass er es jetzt mit einer anderen Person aufzunehmen hatte.

»Müssen denn Ihre Kollegen in Maries Zimmer alles auf den Kopf stellen? Wir im Hause Gutberg lassen die Zimmer unserer Toten so, wie die Familienmitglieder diese zurückgelassen haben. Das Arbeitszimmer meines verstorbenen Mannes ist seit seinem Tod unverändert.« Dabei rührte sie mit einer anmutigen Haltung ein Stück Zucker in ihren Tee.

»Ohne würdigen Erben für das Weingut wird es für Sie schwer sein, all Ihre Totenzimmer aufrechtzuerhalten. In einer kleinen Dreizimmerwohnung ist dafür gewiss kein Platz.«

Anna rang nach Luft, beherrschte sich aber sogleich. Sie war auf diese Art Zukunftsschau schon vorbereitet gewesen. Jeder in Heidingsfeld wusste, das Anna Gutberg ihre Schäfchen ins Trockene bringen musste. Die Hochzeit von Marie und Markus sollte im nächsten Frühjahr stattfinden. Das

Weingut brauchte frischen Schwung und neue Ideen, um weiterhin überleben zu können. Sie selbst war zu alt und Manfred war kein guter Geschäftsmann. Seit dem Tod seiner Frau mangelte es ihm an Lebensfreude und Elan für neue Projekte. Manfred Gutberg träumte von einem Lebensabend bei seinem Bruder in Kanada, deshalb wartete er sehnsüchtig auf den Tag, an dem Marie und Markus den ganzen Laden für ihn übernehmen würden.

»Was glauben Sie, Herr Talberg, Markus ist doch ein tüchtiger Winzer und ...«

»Ach hören Sie doch auf, Frau Gutberg. Sie glauben doch nicht ernsthaft, dass ich Ihnen abkaufe, Markus würde auch ohne eine Heirat das Weingut erben. Eine Gutberg vererbt doch nichts an einen dahergelaufenen polnischen Habenichts aus zwielichtigen Verhältnissen!« Erst jetzt bemerkte Talberg, dass er eine Grenze überschritten hatte. Die Gutbergs waren immer noch einflussreiche Leute und eng mit dem Bürgermeister befreundet.

Bei so viel Verlogenheit konnte einem schon mal die Hutschnur hochgehen, beruhigte Talberg sich selbst und wartete auf die Reaktion seiner Gesprächspartnerin.

Es sah so aus, als überlegte die Alte ganz genau, was sie antworten sollte. Ihr Gesicht war stark gerötet und am liebsten hätte sie den Hauptkommissar aus ihrem Haus geworfen. Aber sie blieb ruhig. Für Talberg entgegen ihrer Natur viel zu ruhig. Er wollte sie aus der Reserve locken und Anna hatte es sofort mitbekommen. Mit seinen Vermutungen hatte er genau ins Schwarze getroffen.

»Hauptkommissar Talberg, Sie verstehen nichts von Ehre,

Familie und Tradition. Von der Liebe zur Heimat und dem Drang, dies an die nächste Generation weitergeben zu wollen. Sie sind ein verletzter alter Mann, der seit mehr als zwanzig Jahren in einem Gasthauszimmer haust. Keiner weiß, woher Sie kommen und was Sie hier einst wollten.«

Kalt lächelnd hoffte Anna Gutberg ebenso eine Schwachstelle bei Talberg gefunden zu haben. Als nicht sofort die erhoffte Reaktion eintraf, setzte die Alte, während sie sich aus dem Sessel erhob, noch eins obendrauf: »Was ist denn mit Ihrer charmanten Kollegin, die gerade wie selbstverständlich in meinem persönlichen Besitz rumwühlt? Die bemüht sich doch sehr um Sie. Sie sollten schnell zugreifen, Herr Hauptkommissar, wo es doch mit der grünen Eva schon nicht zu mehr geklappt hat als zu einer Sommeraffäre. Potenzielle Frauen um die fünfundvierzig sind in Heidingsfeld rar gesät. Vielleicht würden Sie mich verstehen, wenn Sie auch mal in den Genuss einer intakten Familie kommen würden.«

Anna Gutberg war schon auf dem Weg zur Treppe, die ins Obergeschoss führte, als Talberg noch hinzufügte: »Eben, eine intakte Familie, die Sie, Frau Gutberg, niemals in Ihrem Leben hatten.«

✿

Sichtlich aufgebracht ging Sarah Bergmann mit Handy am Ohr auf den parkenden Dienstwagen zu. Talberg wartete schon genervt auf seine Kollegin. Er wollte endlich weg aus der Umgebung des Weinguts Gutberg. Für heute genügten ihm der Ärger und Groll, die oft das Zusammenleben der Menschen bestimmten.

Aber es sah erst einmal nicht nach Ruhe und Frieden aus, als Sarah sich mit hochrotem Kopf auf den Beifahrersitz fallen ließ. »Mein Ex und meine Tochter machen mich wahnsinnig. Er bestätigt sie auch noch in allem Unfug, der ihr einfällt. Vor acht Wochen war unsere Süße noch Fan von Dirk Nowitzki. Ihr ganzes Zimmer war voll von Postern mit ihrem Idol, und Miriam mit ihrer Körpergröße von einem Meter dreiundsechzig wollte unbedingt Basketball spielen. Peter hat das ganze Theater unterstützt. Ich wusste, dass sich ihre Euphorie rund um Basketball ziemlich schnell legen wird. Und so war es auch. Aber jetzt will Madame Handball spielen und hat ihr Herz an Carsten Lichtlein verloren. Peter ist natürlich zur Stelle und kauft gerade mit Miriam Sportschuhe.« Die Trennung vor einem halben Jahr, die bevorstehende Scheidung, all das hat Sarah Bergmann sichtlich erschöpft.

»Er will dir bestimmt keine reinwürgen, er sorgt sich um Miriam, will, dass es ihr an nichts fehlt. Vielleicht hat er auch ein schlechtes Gewissen ihr gegenüber, weil er die Familie verlassen hat.« Zum Glück konnte er so offen mit Sarah sprechen.

»Ach, die Männer machen es sich mal wieder leicht! Würde ich Eva fragen, die hätte bestimmt eine ganz andere Meinung.«

»Gewiss, sie würde sagen, eure beiden Sternzeichen sind gerade nicht in der jetzigen Mondphase integriert. Konfliktgespräche daher erst in drei Tagen führen, sonst ist keine Einigung in Sicht.«

Sarah blickte, erstaunt über dessen Aussage, zu Talberg und begann herzlich zu lachen. Wenigstens habe ich sie zum

Lachen gebracht, dachte Talberg und startete den Wagen. So viele Leidensgeschichten von Familien an einem Tag waren definitiv zu viel für den Hauptkommissar. Die einzige intakte Familie, die ihm sofort schmerzlich einfiel, zumindest bis zu jenem Tag im September, waren er, Sanne und die kleine Tanja gewesen. Er kannte also dieses Gefühl, das Gefühl, in einer intakten Familie zu leben.

6

Das Haus Nummer zehn in der Randersackerer Straße im Würzburger Stadtteil Sanderau besaß klischeehafte Merkmale, die studentischen Bewohnern anhafteten. Überall parkten Fahrräder. Aus einem der geöffneten Fenster drang laute Musik. In den gelben Säcken vor dem Wohnhaus tummelten sich leere Verpackungen von Fertigprodukten, Konservendosen und Pizzakartons, die eigentlich dort nicht entsorgt werden sollten. Aber hier nahm man Ordnung und Sauberkeit nicht so ernst. Bierflaschen reihten sich um die Mülltonnen am Seiteneingang, der einladend offen stand. Ein großer grauer Aschenbecher auf der Stufe drohte überzulaufen.

Als Talberg und Strahl diese Eindrücke gerade verarbeiteten, huschte eine ältere Dame, die sichtlich keine Mieterin war, in einer roten Kittelschürze nach draußen und nahm sich der vom Regen aufgequollenen Zigarettenstummel an. Schimpfend entleerte sie den Inhalt in eine Tonne. »So sind die jungen Leute heutzutage, was denen nicht selber gehört, lassen sie verkommen. Keiner fühlt sich für irgendetwas in diesem Haus verantwortlich.« Dabei blickte sie verärgert in Richtung der offenen Tür, die zu den Kellerräumen und ins Treppenhaus führte. Weiter klagte die Putzfrau über die schlechten Arbeitsbedingungen in diesem Objekt. Einmal im Monat beauftragte sie der Vermieter, was einfach nicht ausreichend war, um alle Sauereien gründlich zu entfernen.

Talberg nutzte die entstandene Redepause der Frau und erkundigte sich nach einem Studenten namens Thorsten Beier, der seinen Informationen nach hier in einer Dreier-WG wohnen müsste. Die Hüterin der Grundordnung deutete auf das Fenster mit den gelben Vorhängen im ersten Stock.

Marie hatte sehr viele Freunde auf Facebook und agierte in diesem Portal fast täglich. Dies machte es für die Ermittler einfach, die letzten Kontakte und Korrespondenzen als wichtige Quelle in dem Fall zu nutzen. Mit Thorsten Beier hatte die junge Frau sehr eindeutige Nachrichten ausgetauscht, die auf eine Liebesbeziehung hinwiesen.

Mehrmals drückte Anton Strahl den Klingelknopf, bis Geräusche hinter der Tür eine baldige Öffnung ankündigten.

Ein unfreundliches »Ja« begrüßte die Kommissare. Es kam von Thorsten Beier, einem gutaussehenden hochgewachsenen jungen Mann. Seine dunklen Haare bildeten einen harten Kontrast zu seinen blauen Augen. Er wirkte müde und erschöpft.

»Mein Name ist Frank Talberg und das ist Anton Strahl, wir ermitteln im Mordfall Marie Gutberg.« Dabei zeigte er seinen Dienstausweis, den Thorsten Beier mit zusammengekniffenen Augen nur kurz anschaute.

Wortlos ließ er die Männer eintreten.

Als Talberg und Strahl Thorsten in sein Zimmer folgten, kam aus dem Badezimmer eine hübsche nackte Frau. Unbeeindruckt stellte sie sich als Kitty aus Zimmer zwei vor. Strahl errötete und war froh, als Kitty außer Sichtweite war. Talberg schmunzelte und bedauerte, keine so charmante Mitbewohnerin zu haben.

Die Zimmereinrichtung bestand aus einem Bett, zwei Stühlen und einem Schreibtisch. Die wenigen Kleidungsstücke waren auf einem Ständer aufgetürmt.

Zahlreiche Poster von fernen Ländern klebten an den Wänden. Ein Foto von Marie hing über dem Bett. Als Thorsten sah, dass der Kommissar das Foto betrachtete, begann er zu erzählen. »Wir kannten uns erst seit sechs Wochen. Auf einer Studentenfete habe ich Marie kennengelernt. In vierzehn Tagen wollten wir gemeinsam für ein Jahr nach Australien reisen.« Dabei starrte er auf die Flugtickets, die auf dem Schreibtisch lagen.

Um den Volkswirtschaftsstudenten besser einschätzen zu können, versuchte Talberg ihm auf den Zahn zu fühlen. »Sie waren sich also absolut sicher, dass Marie mit Ihnen kommen würde? Laut Aussage ihrer Familie und Freunde stand sie kurz vor der Hochzeit mit ihrem langjährigen Partner Markus Pajak!«

Thorsten runzelte die Stirn und überlegte, was er sagen sollte. »Die Beziehung der beiden war doch schon lange vorbei. Marie wollte sich von diesem Armleuchter trennen und ich glaubte ihr!«

Aus einer Jeanshose zog er ein Päckchen Zigaretten und steckte sich nervös eine an.

»Wo waren Sie am Dienstag zwischen 21 und 23 Uhr?«

»Hier in meiner Bude. Ich hab auf Marie gewartet, aber sie kam nicht.«

»Und da haben Sie sich keine Sorgen gemacht?«, fragte Strahl.

»Scheiße noch mal, nein! Es kam öfters vor, dass sie nicht immer alle Verabredungen einhalten konnte, schließlich war sie ja noch offiziell mit diesem Deppen zusammen.«

»Als Sie von Maries Tod erfuhren, wie haben Sie reagiert?«

Jetzt waren alle Blicke auf Thorsten gerichtet, der kurz haderte, sich aber sofort wieder fing.

»Nichts. Was hätte ich denn tun sollen? Zum Weingut fahren und zu der alten Furie sagen: Hallo, ich bin der Lover Ihrer Enkelin, lassen Sie uns zusammen weinen?«

»Warum sind Sie nicht zu uns aufs Präsidium gekommen? Wir haben einen Aufruf an alle Bürger gestartet, die etwas zum Tatzeitpunkt gesehen oder mit Marie in den letzten Stunden Kontakt hatten, bevor sie ermordet wurde.«

»Ich habe ja gar nichts gesehen! An diesem Tag haben wir nur kurz telefoniert, um uns zu verabreden. Dass das natürlich so wichtig für sie ist, habe ich nicht gewusst.« Thorsten ließ sich rücklings auf sein Bett fallen und fixierte die Decke.

Talberg glaubte dem dreiundzwanzigjährigen Studenten nicht. So viel Naivität traute er ihm keineswegs zu.

»Ich wäre jetzt gerne alleine, mir geht's nicht besonders gut.«

»Danke erst mal, halten Sie sich bitte für weitere Fragen bereit.«

Talberg und Strahl gingen hinaus auf den Flur, dabei beobachtete der Hauptkommissar, wie sein Kollege Ausschau nach der süßen Kitty hielt. Leider begegneten sie der freizügigen Dame kein zweites Mal.

Das Handy spielte fast ununterbrochen den Elvis-Song »Always on my mind«. Thorsten hatte keine Lust, ranzugehen. Der hartnäckige Anrufer ließ ihm aber keine andere Wahl. »Ja, sie waren gerade hier!«, gab er als Antwort auf die Frage des Anrufers.

7

Die interessierte Gruppe wagte sich nicht von der überzeugenden Erzählerin abzuwenden. Zu geheimnisvoll und fesselnd bot sie den an ihren Lippen Hängenden Legenden und Sagen rund um Heidingsfeld an. Gekonnt verpackte sie dabei noch geschichtliche Daten und Fakten. Sie inszenierte ein kleines Schauspiel. Gerne verkörperte Helma dabei all ihre Figuren selbst. Ihre eh schon großen Augen weiteten sich, als sie begann, die Geschichte hinter dem Wahrzeichen von Heidingsfeld zu erzählen. Giemaul sei ein Bader gewesen, der sein eigenes Volk im Dreißigjährigen Krieg an die Schweden verraten hat. Dank der Stadtmauer galt Heidingsfeld als uneinnehmbar. Der Bader ließ laut der Sage die feindlichen Angreifer in die Stadt hinein. Als Strafe hängt seine Fratze am Rathaus. Wenn die Uhr zu jeder vollen Stunde schlägt, öffnet das Giemaul seinen Mund als Zeichen der Schmach.

Ein kleiner Junge bemerkte aufgeregt, dass es ja fast so wie bei den Trojanern war, nur dass die Eindringlinge dazu noch ein hölzernes Pferd benutzt haben. Die Menge schmunzelte, so dass der eifrige Kleine errötete. Helma nahm ihn sogleich an die Hand. Gemeinsam führten sie die Besucher Richtung Döle und von dort aus als Abschluss zum Salmannsturm. Jeden Freitag am späten Nachmittag ging Helma mit ihren Hotelgästen diese Runde, die stets an der alten Eichendorff-Schule begann.

Es lag schon ein kleiner Haufen von Zigarettenstummeln vor seinen Füßen. Aufgeregt beobachtete er, wie die Gruppe endlich den Rathausplatz verließ. Beinahe hätte die Truppe ihm noch alles vermasselt. Ob sein Plan gut war, wusste er nicht. Vielleicht wäre es wirklich unauffälliger gewesen, vorzutäuschen, etwas im Polizeipräsidium vergessen zu haben. Aber wie wäre er dann ins Büro von der Bergmann gekommen? Die Glocke der Rathausuhr schlug 18 Uhr. Langsam ging Jonas Klein auf das Gebäude zu. Zuvor hatte er das Fenster präpariert, um unbemerkt eindringen zu können. Hastig schreckte er zurück. Warum um alles in der Welt war Sarah Bergmann noch da? Hatte die Frau kein Zuhause? Mist, das Fax mit der DNA-Analyse hatte sie bestimmt schon gesehen und begutachtet. Gleich wird Talberg auch noch kommen und dann ist die Kacke erst richtig am Dampfen.

Genervt spielte er mit den Muskeln seiner durchtrainierten Oberarme. Das tat er immer zur Entspannung. Am Vormittag hatte er den Anruf aus dem Labor entgegengenommen mit der Nachricht, dass die Werte doch noch heute übermittelt werden konnten. Er fürchtete die Dunkelheit, aber aus anderen Gründen als die meisten seiner Mitmenschen. Eine Taschenlampe konnte er nicht ungesehen benutzen. Stand doch das Rathaus mitten im Zentrum der Hauptstraße des Städtles.

In einem kleinen Schminkspiegel, in dem Sarah ihr Aussehen prüfte, sah er ihre roten Lippen. Sie schaltete die Tischleuchte aus und ging nach draußen. Endlich! Einmal tief einatmen und dann los.

Jonas Klein stieg durch das Fenster ins Gebäude ein. Zum

Glück brauchte der junge Rekrut nicht lange zu warten. Wie vereinbart spuckte das Faxgerät in Bergmanns Büro am frühen Abend das lang ersehnte Ergebnis des Labors aus. Plötzlich kam Sarah Bergmann zurück. Schnell versteckte sich Jonas unter dem Schreibtisch. Zwei schlanke Beine bauten sich vor ihm auf. Hoffentlich würde sie jetzt nicht hinüber zum Faxgerät schauen. Aber die Gerichtsmedizinerin war mit ganz anderen Dinge beschäftigt. Sie suchte mal wieder nach ihrem Autoschlüssel. Hastig eilte sie zur Tür und verabschiedete sich mit hörbaren Schritten auf dem blankpolierten Parkettboden. Eine ganze Weile saß Jonas noch in seinem Versteck. Diesmal sollte ihn niemand mehr überraschen.

8

»Frank! Frank, bitte! Bitte hilf mir, bitte, bitte, mach doch was.« Die junge Frau lag blutüberströmt auf der Seite und streckte mit allerletzter Kraft die Arme aus. Um sie herum herrschte das reinste Chaos.

Verzweifelte Schreie verwundeter Menschen drangen an sein Ohr. Bekannte Szenen spielten sich vor seinen Augen ab. Alles war rot und grau zugleich, alles ähnelte eher einem Schlachtfeld als einem der größten Volksfeste der Welt. Talberg stand am Rande des Geschehens. Unfähig, auch nur einen Schritt auf den grausamen Schauplatz zu machen.

»Frank, bitte, bitte komm zu mir und hilf mir«, sagte die Polizistin erneut. »Nein, das werde ich nicht. Sonst stirbst du in meinen Armen und das verkrafte ich kein weiteres Mal!« Talberg drehte sich zum Gehen um und wollte schnell weg von der ganzen Tragödie, doch es gelang ihm nicht. Er wurde festgehalten, aber von wem oder was? Als er über seine Schulter blickte, starrte er direkt in das Gesicht der toten Frau, das erst lächelte und sich dann rasch in eine hässliche Fratze verzog, aus deren Mund Blut strömte. Jetzt war auch Talberg über und über mit Blut beschmiert und der Boden spaltete sich unter seinen Füßen, so dass er in einen Abgrund stürzte.

Talberg wachte wie immer an dieser Stelle auf. Auch diesmal ließ ihn der Traum nicht kalt. Es fühlte sich alles immer sehr echt an, selbst nach Jahren. Als erlebte er dieses dunkle Kapitel in seinem Leben erneut.

An Schlaf war nicht mehr zu denken. Talberg stieg aus dem Bett und zog sich an. Schnellen Schrittes lief er durch die Wenzelstraße, nahm die Abkürzung durch die Tankstelle Richtung Seilerstraße, um endlich ans Mainufer zu gelangen. Er merkte, dass sich die Anspannung löste. Talberg atmete einmal tief ein. Auf einer Bank begann er einen Tagebucheintrag von Marie nochmals aufmerksam zu lesen:

Manchmal sind mir alle so fremd. Menschen, die ich liebe und denen ich eigentlich vertraue. Sie handeln, reagieren auf einmal anders als gewohnt. Zeigen neue Gesichter, neue Seiten ihres Charakters. So auch heute. Ausgerechnet an einem schönen letzten Sommertag. Markus hatte einen heftigen Streit mit Großmutter. Kurz zuvor bin ich mit Sophia raus auf den Hof, wir suchten nach Markus. Ihre Kette war vom Fahrrad gesprungen und Markus sollte Sophia helfen. Wir hatten gemeinsam Kekse fürs Restaurant gebacken. Dann rief Papa auch noch nach mir. Sofort musste ich Eingekauftes mit ins Haus tragen. Als hätte das nicht noch fünf Minuten Zeit gehabt. Dann hätte ich auch gewusst, warum Markus und Großmutter aneinandergeraten waren. Papa und ich scherzten und lachten gerade über den alten Jakob, einen Erntehelfer, als lautes Stimmengewirr uns unterbrach. Plötzlich kam Markus aus der Scheune gerannt und lief rüber zum Haus. Ich ging ihm sofort hinterher. Er lief die Treppe hoch in mein Zimmer. Dort angelangt, gab er mir auf meine Fragen einfach keine Antwort. Dass zwischen uns etwas nicht stimmte, war mir nicht neu. Aber das Verhalten, das auf sein Schweigen folgte, kannte ich bisher noch nicht von ihm. Er wollte unbedingt sofort mit mir schlafen. Ich wollte nicht, fand die Situation merkwürdig, beängstigend. Doch schließlich ließ ich mich darauf ein. Er wollte sich irgendetwas damit beweisen, denn Spaß hatten wir bei diesem verzweifelten Liebesspiel gewiss nicht. Ich kannte ihn jetzt lange genug, so dass es mir trotz seiner neuen Seiten, die vermehrt zum Vorschein kamen, gelang, aus seinem Gesicht zu lesen. Meine Großmutter hatte Markus sichtlich gekränkt, womit, weiß ich nicht. Sie sagt mir auch nichts. Aber er brauchte einen Beweis, vielleicht um zu spüren, dass alles beim Alten ist, dass er noch der Alte ist. Diesen Markus gibt es aber nicht mehr, er kann sich nicht mehr selbst belügen. Er weiß genau, was zwischen uns los ist und dass er sich verändert hat. Ich bin auch eine Andere geworden und sehr stolz darauf. Nur Großmutter darf von all dem nichts mitbekommen. Hatte sie vielleicht schon etwas bemerkt? Ging es bei dem Streit etwa um uns? Nein, das darf nicht sein. Sich mit Großmutter anlegen war das Letzte, was ich jetzt gebrauchen konnte. Großmutter Anna Gutberg, ja, so nenne ich sie, denn eine liebe Oma ist sie für mich bestimmt nicht.

Von einem Traumpaar waren die beiden wirklich weit entfernt. Thorsten Beiers Aussage über die Beziehung schien zu stimmen. Der junge Pajak hatte es faustdick hinter den Ohren.

Talberg beobachtete ein Entenpaar, das sich gegenseitig mit dem Schnabel stieß. Bei diesem Anblick amüsierte er sich. Auch in der Tierwelt gab es Zankereien.

Gedankenverloren blätterte er in Maries Tagebuch, bis er auf einen interessanten Eintrag aufmerksam wurde. Die erste Niederschrift mit Datum, einen Tag vor Maries Tod.

Montag, 10. September

Ich werde ihn verlassen, denn ich liebe ihn nicht mehr. Das wurde mir in den letzten Tagen klar. Leider muss ich Markus' Traum von unserem Weingut platzen lassen. Das wird er mir nie verzeihen. Er wollte seiner Mutter doch beweisen, dass er im Gegensatz zu seinem Vater es zu etwas bringen kann. Aber gewiss nicht auf diesem Weg. Ich werde ein neues Leben fernab des Weinguts beginnen. Natürlich nicht alleine. Seinen Namen aufzuschreiben bereitet mir Angst, als könnte ich dadurch ihn und das neue Leben an seiner Seite sofort wieder verlieren. Die Freude auf Australien ist, trotz der Angst, groß. Heute werde ich Markus sagen, dass ich ihn verlasse. Er muss mir auch Rede und Antwort stehen, denn Großmutter hat ein paar komische Andeutungen gemacht. Ich werde ihn fragen, ob ihre Anschuldigungen stimmen. ...

An dieser Stelle hatte jemand die folgenden Seiten herausgerissen. Was war es, was niemals gelesen werden durfte? Er steckte das Tagebuch in die Manteltasche und machte sich erst einmal auf den Weg Richtung Staustufe.

Es war ein kühler, aber sonniger Sonntagmorgen im Spätsommer. Heidingsfeld schien noch zu schlafen. Letzte Nebelfelder verschwanden, und die Sonne ließ die bunten Farben des Herbstes aufleuchten. Es tat gut, das Gesicht in die warmen Strahlen zu halten. Wer wusste schon, wie lange die milden Temperaturen noch verwöhnen würden.

Plötzlich fand die gerade noch genossene Stille ihr jähes Ende. Talberg beobachtete eine schwarz gekleidete Gestalt mit vermummtem Gesicht, die einen kleinen Stapel Papier am

Flussufer verbrannte. Dazu war die Person in die Hocke gegangen und hatte einen zusammengefalteten Bogen aus der Jackentasche gezogen. Talberg war so nahe am Geschehen und wunderte sich, dass er noch nicht als Eindringling bemerkt wurde.

»Was machen Sie da?«

Der Zündelnde kippte erschrocken nach hinten, stützte sich aber gleich mit den Händen ab. Mit einem Satz war er wieder auf den Beinen. Sein muskulöser Körper spannte sich an. Er zückte ein Messer und richtete es auf Talberg.

»Na, wir wollen doch nicht gleich übertreiben!« Er ging einen Schritt auf den Unbekannten zu, unterschätzte aber die Situation.

Der Fremde befreite sich durch einen Schnitt an Talbergs Oberarm aus der beengten Lage. Blut tropfte durch den Mantel auf den Erdboden. Kurz schwindelte den Hauptkommissar, er hob den herabgefallenen gefalteten Bogen auf, um darauf sofort die Verfolgung des Flüchtigen aufzunehmen. Der Täter war sehr schnell, doch Talberg konnte dank seiner guten Fitness mithalten.

Auf einmal ging alles viel zu rasant. Eine Pistole wurde gezogen und auf Talberg gerichtet. Ohne die geringste Vorwarnung fiel ein Schuss. Haarscharf verfehlte der Schwarzgekleidete sein anvisiertes Ziel. Dann fiel ein weiterer Schuss, der aber traf ins Schwarze und ließ sein Opfer zu Boden gehen.

Wie von selbst glitt die Dienstwaffe zurück in den Halfter. Talberg erschrak, als er das schmerzverzerrte Gesicht enthüllte. Gelassen zog er den Papierbogen aus seiner Manteltasche, es handelte sich um das Ergebnis der DNA-Analyse im Mordfall Marie Gutberg.

»Du dummer Junge!«, schrie Talberg und ohrfeigte den jungen Mann.

9

Nur das leise Geräusch eines wippenden Beines war im Raum zu hören. Die gesamte Aufmerksamkeit galt dem zum Täter gewordenen Kollegen. Jonas Klein war blass und wirkte sichtlich erschöpft. Sein angeschossenes Bein schmerzte wieder und wollte nicht aufhören zu pulsieren. Leider lag er nicht mehr im Krankenhaus, sondern musste jetzt Verantwortung für seine Tat übernehmen. Er konnte Talberg nicht in die Augen sehen, es genügte ihm schon der wütende Blick des Hauptkommissars, der stets auf ihm ruhte. Klein wollte Beweismaterial, das seinen Freund Markus Pajak belastete, verschwinden lassen. Die Hautfetzen unter Maries Fingernagel stammten eindeutig von ihrem Freund. Peter Bergmann nahm sich diesen gerade im Nebenzimmer zur Brust.

Talberg wunderte sich über Klein, der ein so großes Risiko auf sich nahm, um einem Freund zu helfen. Die Polizeikarriere konnte sich der junge Mann jedenfalls an sein gesundes Bein schmieren. »Ich sagte doch schon, ich habe Markus bei keinem Mord geholfen. Er hatte noch was gut bei mir und deshalb hab ich Beweismaterial unterschlagen.« Unterschlagen ist seicht ausgedrückt, hatte der Knabe doch eine Schießerei angefangen bei dem es Tote hätte geben können. Talberg fand die Begründung mehr als nur dürftig.

»Jetzt reicht's!« Talberg beugte sich über den Tisch und packte Klein am Kragen. »Ich hätte tot sein können! Also erzählen Sie uns nicht, Sie hätten das alles für Ihren Freund in

Kauf genommen.« Er blickte Klein tief in die Augen. Als er Anton Strahls Hand auf der Schulter spürte, lockerte Talberg den Griff und nahm widerwillig auf seinem Stuhl Platz.

»Sie haben angegeben, dass Sie am Freitagabend ins Präsidium eingestiegen sind, weil Sie wussten, dass der Laborbericht an Frau Bergmann gefaxt wird. Ihnen muss aber klar gewesen sein, dass Sie Ihren Freund mit der Beseitigung des Schriftstücks nur Zeit verschafft hätten!« Anton Strahl sah Jonas Klein fragend an, der sich mittlerweile ständig nervös mit der Hand durch die Haare fuhr. »Für mich sieht das ganz nach einer Mittäterschaft am Mord von Marie Gutberg aus. Dafür spricht, dass sie fahrig und unüberlegt gehandelt haben.« Strahl war zufrieden mit seiner Anspielung und verschränkte genüsslich die Arme vor seiner Brust. Alles lief doch gut, der Apfelstrudel zur Mittagszeit musste also nicht verschoben werden.

»Ich hab das gemacht, weil Pajak mich in der Neunten rausgehauen hat.«

»Rausgehauen? Reden Sie vernünftig mit uns. Was heißt das genau? Lassen Sie sich nicht alles aus der Nase ziehen!« Talbergs aufbrausendes und ungeduldiges Gemüt beunruhigte Strahl. Bei seinem Chef konnte er sich nicht sicher sein, was als Nächstes kam. Also rückte der leckere Kuchen in weite Ferne.

»In der Jungentoilette fanden sie damals Gras. Markus sagte aus, es sei von ihm, und dabei gehörte es mir und meinem Bruder. Wenn herausgekommen wäre, wem das Zeug wirklich gehört, hätte ich den Polizeidienst vergessen können.«

Im Leben kommt eben immer alles anders, als man denkt. Dies grenzte schon an Ironie des Schicksals.

»Er hat nicht lockergelassen, er wollte unbedingt, dass ich ihm helfe, sonst würde er alles auffliegen lassen. Ohne meinen Anwalt sag ich jetzt auch gar nichts mehr, das wird mir alles viel zu heiß.« Jonas ließ den Kopf hängen als Zeichen, dass von ihm kein Beitrag mehr zu erwarten war.

In großen schwarzen Lettern, zu kurzen zündenden Worten aneinandergereiht, stand der peinliche Racheakt einer verbissenen alten Frau. *Mord, Verrat, Eifersucht! Freund der schönen Marie hat Verhältnis mit bester Freundin! Haben wir die Täter? Exklusivinterview mit der Großmutter Anna Gutberg auf Seite 2.*

Diese Frau ging für ihren Stolz wirklich über Leichen. Wie kann die eigene Großmutter das Privatleben ihrer Enkelin so in den Dreck ziehen? Für Journalist Mike Funke natürlich ein gefundenes Fressen. Selbst in der Onlineausgabe der Zeitung zierte die Geschichte die Startseite.

Talberg studierte den Artikel aufmerksam. Vor ein paar Wochen hatte die Alte also diesen Pajak und Sophia beim Küssen auf ihrem Hof erwischt. Deshalb der darauffolgende Streit zwischen ihr und dem Jungen. Am Tag des tragischen Mordes hatte die Schöne mit ihrem Freund eine heftige Auseinandersetzung. Laut Anna Gutberg erfuhr Marie von der Liebelei mit der besten Freundin und trennte sich deshalb umgehend von diesem Taugenichts, der sowieso nur hinter dem Geld des armen Mädchens her war. Frau Pajak, die Mutter des Jungen, leistete ihr zwar stets gute Dienste, doch aufgrund der Ereignisse kündigte die eiskalte Lady beiden.

Leider verlor ihre Enkelin nicht nur ihre große Liebe und die beste Freundin, sondern sie selbst ihre fleißigste Mitarbeiterin.

Das Interview schloss mit folgendem Satz: »Wie viel Leid kann ein Mensch ertragen? Ich weiß es nicht! Trauer und Schmerz sind seit Tagen meine ständigen Begleiter.«

Anna Gutberg war mal wieder ganz in ihrem Element. Talbergs Zorn über die Alte wurde immer größer. Dieser Artikel ist die reinste Hetzjagd und sorgt gewiss für Turbulenzen in Heidingsfeld.

»Wie sollen wir da noch vernünftig ermitteln?« Talberg klatschte das Mainblatt auf den Tisch. Die ratlosen Gesichter seiner Kollegen versprachen keine zündenden Ideen. Peter Bergmann berichtete über die Befragung von Markus Pajak. Vieles aus dem Interview schien zu stimmen. Marie wollte sich aber nicht nur wegen der Affäre trennen. Markus wollte wissen, ob auch sie eine neue Liebe hatte, um nicht allein als Sündenbock vor der Alten zu stehen. Pajak nahm das Tagebuch, um vielleicht einen Eintrag über den großen Unbekannten zu finden. Es kam zum Handgemenge, daher der Kratzer von Marie an seinem Arm und die fehlenden Seiten im Tagebuch.

»Das klingt ja alles wie im Märchen. Wenn sie nicht gestorben sind, dann leben sie noch heute. Nur, dass eine tot ist.«

Bergmanns Nerven lagen sichtlich blank. »Du kannst nicht Pajak zum Täter machen, nur weil der Bürgermeister und die Presse sofort einen haben möchten. Der letzte Anruf von Marie ging an ihren Ex. Sie haben drei Minuten miteinander telefoniert und dann brach das Gespräch abrupt ab. Wie das alles zusammenhängt, sollten wir nochmals prüfen. Laut seiner Aussage wollte Marie am Telefon nur, dass ihre Großmutter nichts von der Trennung erfuhr. Wie dem auch sei, schließlich dürfen wir nicht außer Acht lassen, dass sie am Mordabend noch mit Thorsten Beier verabredet war. Der könnte genauso ein Motiv haben. Die Textilfasern unter Maries Fingernägeln stammen übrigens von einer grünen Sportjacke. Jeder könnte so eine zu Hause im Schrank haben. Natürlich kann der Täter oder die Täterin die Jacke längst entsorgt haben. Wir sollten diesen Beier unbedingt vorladen und in die Mangel nehmen.«

Sarah Bergmann blätterte in ihrem Laborbericht. »Wir tappen völlig im Dunkeln. Wenn eine grüne Sportjacke alles ist, woran wir uns halten können, ist das mehr als nur armselig!«

Entkräftet und übermüdet setzte sich der gestandene Beamte an den Tisch und schenkte sich einen frischen Kaffee ein. Mit einem Taschentuch versuchte Bergmann Schweißtropfen von seiner Stirn zu tupfen. Talberg schätzte die Lage genauso wie Bergmann ein. Pajak hatte zur Tatzeit ein dünnes Alibi. Sophia und ihr Bruder Niklas bestätigten seine Anwesenheit ab neun Uhr. Die Aussage eines Achtjährigen zählt aber leider nicht viel. Aber auch die Feuerwehrkameraden verabschiedeten sich gegen neun Uhr von Markus. Talberg glaubte nicht so recht an den jungen Winzer als Mörder. Er wollte nicht an ein tragisches Ende einer so jungen Liebe denken. Vielleicht waren sie alle blind gewesen. Einen enttäuschten Partner sehen wir gerne als Mörder, aber die eigentlichen Täter, die stillen, leise leidenden Personen, werden gerne übersehen. Was könnte Thorsten Beier zum Mörder machen? Wollte er sie am Tatabend abholen und es kam zum Streit? Aber warum telefonierte sie dann mit Pajak? Ging es in diesem Gespräch doch noch um etwas anderes?

10

Das Wasser war kühl und fühlte sich wie tausend Nadelstiche auf dem nackten Körper an. Der milde Tag lud zum Verweilen im Freien ein, aber nur Hartgesottene entschieden sich im Main zu baden. Sophia wollte Markus nicht enttäuschen, also ließ sie sich breitschlagen und kam mit.

Neckend tauchte er ihren Kopf immer wieder unter Wasser. Einmal etwas zu lange. Das Mädchen kam nur schwerfällig wieder an die Wasseroberfläche. Hustend und mit Tränen in den Augen ging Sophia ans Ufer zurück. Sie war sauer und wollte sofort gehen.

Was war nur los mit Markus? So grob ist er noch nie zu ihr gewesen. Beim Abtrocknen beobachtete das Mädchen den eifrigen Schwimmer, der wie ein Wilder den gekennzeichneten Abschnitt durchkraulte, als müsse er sich abreagieren.

Sie entschied sich zu bleiben und erst einmal etwas runterzukommen. Die Strohmatte zeichnete ein Muster auf ihrem nackten Körper ab. Sie schaute in den Himmel.

Marie, kannst du mir nicht sagen, wer dich ermordet hat. War es Markus? Diese Frage beunruhigte Sophia. Schnell versuchte sie ihre Gefühle zu verdrängen. Aber sie kannte sich einfach nicht mehr aus.

Sie spürte seinen warmen Körper, der jetzt auf ihr lag. Markus küsste Sophia sanft. »Es tut mir leid, ich konnte das vorhin nicht so gut abschätzen. Du bist ja ganz kalt, da bin ich ja rechtzeitig zum Wärmen gekommen.«

Einerseits genoss sie diese Zweisamkeit, doch was war, wenn er sich bei dem Streit mit Marie auch nicht unter Kontrolle gehabt hatte? Dann lag sie jetzt mit dem Mörder ihrer besten Freundin zusammen. Rasch sprang sie auf und stieß Markus dabei zur Seite.

»Bist du verrückt? Was ist denn los mit dir?«

Weinend schrie Sophia: »Warst du es? Hast du Marie etwas angetan?«

Irritiert sah er sie an und schüttelte den Kopf. Auf so eine Frage war er nicht vorbereitet gewesen.

Er ging auf die Weinende zu und drückte sie fest an sich. »Es ist gut, alles wird wieder gut.«

Eine Weile standen die beiden eng beisammen. Zurück bei ihren Fahrrädern, dachte Markus für einen Moment, sie würden beobachtet werden. Schnell trat der junge Mann in die Pedale und ließ das Ganze wie ein Spiel aussehen: »Fang mich doch, Sophia.« Deutlich spürte Markus den Blick einer Person im Rücken. Drehte er jetzt völlig durch?

11

Der Spiegel an der Garderobe zeigte ein fahles Gesicht und graue Haare. Anders als auf dem Foto in der Hand, das einen jungen lachenden Mann und eine wunderschöne blonde Frau am Strand abbildete. Ein kleines, ebenfalls blondes Mädchen schlug im Vordergrund ein Rad.

»Mensch, Manfred, mach dich doch nicht selber fertig. Ich weiß, wovon ich spreche.« Talberg bestellte bei Hedwig einen Bacchus.

Manfred Gutberg konnte seinen Blick nicht von dem Bild lösen. »Warum haben sie mir die beiden genommen? Meine komplette Familie! Zu allem Übel wird meine Mutter immer unleidiger. Einen Zusammenhalt gibt es längst nicht mehr.«

»Kopf hoch, es kommen auch wieder bessere Zeiten.«

Der Hauptkommissar tat sich schwer, einen geeigneten Ratschlag zu geben. Das Einzige, was jetzt zählte, war, für seinen Freund da zu sein.

»Habt ihr schon einen Anhaltspunkt?«

»Du weißt doch, ich kann dir nichts erzählen. Aber sag mal, hat der Markus eine grüne Sportjacke? Bei uns wurde eine vergessen.«

»Nein, nicht dass ich wüsste. Marie, die hatte eine grüne Trainingsjacke. So eine, wie sie halt alle Gardemädchen haben.«

Talberg wurde schlecht. Für die Befragung der Mädchen war Strahl zuständig gewesen. Wie konnte er nur so nachlässig ermitteln? Der sollte mal lieber weniger Kuchen von Mutter Adelheid essen!

»Hat Marie mal erwähnt, dass sie Ärger mit einem der Mädchen hatte?«

»Sie war hübsch und der Liebling der Trainerin, da gab es schon mal spitze Bemerkungen.« Manfred nippte an seinem Weinglas. Er leckte sich die letzten Tropfen von den Lippen. »Der Tanzwettbewerb war für alle sehr wichtig, aber die Trainerin konnte nur die zehn besten Tänzerinnen mitnehmen. In deren Haut hätte ich nicht stecken wollen.«

Nachdenklich nahm Talberg diese Information auf. Einen Mord begehen, um an einem Wettbewerb teilnehmen zu dürfen?

Maries Vater zog ein weiteres Foto aus seiner Hemdtasche. »Schau mal, das ist die Truppe. Die hier ganz links außen, das ist Greta König. Sehr talentiert. Will Tanz und Schauspiel studieren. Für die war es sehr wichtig, mit ausgewählt zu werden. Hatte wohl irgendetwas mit ihrem Stipendium zu tun.«

»Und, fuhr sie zum Turnier?«

»Ja, aber nur, weil Marie nicht mehr ... du weißt schon. Die Trainerin wollte entweder Marie oder Greta als Haupttänzerin antreten lassen.«

Jetzt wurde dem Hauptkommissar einiges klar. Es galt also, Greta sofort zu überprüfen.

»Ach, hat Heidingsfeld nicht schöne Mädchen!«

Zum Glück waren die Sinne seines Freundes bereits durch den guten Frankenwein vernebelt, so konnte er keinen Zusammenhang zwischen dem Mord an seiner Tochter und

Greta König herstellen. Talberg gab Hedwig ein Zeichen, die Rechnung auf sein Zimmer zu schreiben.

»Manfred, ich lade dich ein. Komm, alter Freund, ich fahre dich jetzt nach Hause!« Scherzend verließen sie die Weinstube, obwohl Talberg alles andere als danach zumute war.

Ihr seht mich nicht

12

Die bunt gemusterten Vorhänge boten Schutz, um hinter dem Fenster nicht entdeckt zu werden. Verkrampft hielt sich die üppige Frau an dem geschwungenen Stoff fest. Ihr Blick fixierte Paula Sprung, die wie gewohnt in einem Grüppchen von Zuhörern über neueste Geschichten tratschte. »Redet nur, das könnt ihr, sonst nichts. Ihr habt mir nie zugehört, immer nur über mich geredet. Nie geholfen, wenn ich euch gebraucht hätte. Ich war für alle und jeden da, nur keiner für mich.« Verächtlich schimpfte sie auf die ignoranten Mitbürger. Die rechte Hand löste den festen Griff, um über den weichen Samt des Kostüms entlang des kurvenreichen Körpers zu fahren. Tränengefüllte Augen folgten den Konturen. »Er hat mich schon vor langer Zeit gegen jüngere, schönere Modelle ausgetauscht, behandelt wie ein altes Möbelstück, das zwar zweckmäßig ist, aber eigentlich längst nicht mehr gefällt. So wie diese alten scheußlichen Vorhänge.«

Mit beiden Händen riss die Frau an den ungeliebten Staubfängern. Dabei verlor sie das Gleichgewicht und fiel auf den grünen Teppichboden. Weinend blieb sie liegen und lauschte den Gesprächen auf der Straße, die kurz wegen des Sturzes verstummt waren. Paula Sprung blickte hoch zu einem Fenster des Hauses am Rathausplatz 1, denn sie dachte, eine Bewegung wahrgenommen zu haben. Doch rasch widmete sie sich wieder ihren Gesprächspartnern, ohne zu wissen, was sich hinter der Fassade abspielte.

»Die alde Gudberch spinnd! Erst verzählt sie so a Geschichde in der Zeidung und drei Seide späder dud sie a Anzeiche von ihrem Herbsdfesd neisedz.« Köpfe nickten, bestätigten Paula Sprung in ihrer Meinung.

Gerade wollte sie weitererzählen, als Hauptkommissar Frank Talberg auf der anderen Straßenseite zu sehen war. Plötzlich hatte es die »Gscheide« besonders eilig, ihre Einkäufe zu erledigen. Nochmals Talberg in einem Verhör auf dem Präsidium ausgeliefert zu sein, wollte die alte Dame nicht riskieren. Talberg schmunzelte selbstzufrieden, obwohl er heute ausnahmsweise der Sprung recht geben musste: Anna Gutberg verhielt sich mehr als nur geschmacklos.

Das schwache Licht der am Morgen ausgewechselten Energiesparlampe kam nicht gegen die Dunkelheit des Herbstnachmittags an. Zum Arbeiten war es im Büro viel zu düster, nur störte es zu diesem Zeitpunkt niemanden. Anton Strahl stocherte schlecht gelaunt in einem Stück Apfelkuchen, während seine Kollegen versuchten, hinter das Rätsel eines anonymen Briefs zu kommen.

In einem rosafarbenen Kuvert steckte ein Briefbogen, verziert mit einer parfümierten Rosenborte. Der Rosenduft verbreitete sich rasch im ganzen Raum.

Sarah Bergmann begann die geschriebenen Zeilen nochmals vorzulesen: *»Ihr traut mir alle nichts zu, denn Ihr seht mich nicht. Ich habe einen großen Fehler gemacht, nicht mal den seht Ihr, so uninteressant bin ich für Euch.«*

»Okay, es könnte etwas mit unserem Fall zu tun haben oder eben auch nicht. Die Botschaft signalisiert ein schwaches

Selbstvertrauen und Selbstwertgefühl. Vielleicht wird der- oder diejenige nicht ernst genommen, sogar gedemütigt. Ein Mord aus Hass, Rache? Unser Absender fühlt sich eventuell vom Mordopfer verhöhnt?«

Talberg ließ seine gesprochenen Worte für einen Moment auf das Team wirken.

»Aber warum wählt er oder sie eine so romantische Variante für diese Offenbarung aus? Verschmähte Liebe zu Marie? Auch der gewählte Duft, sehr sinnlich und leidenschaftlich.«

Talberg zwinkerte Sarah zu, die dadurch aufgefordert erneut am Rosenpapier roch.

»Macht doch bitte mal einer das Fenster auf, hier riecht es ja wie im Puff!« Peter Bergmann war der kleine Flirt zwischen seinen Kollegen nicht entgangen. Daraufhin kramte er etwas ungehalten in seinem Aktenkoffer auf der Suche nach einem Bericht. »Unser Labor war schnell, das Rosenparfüm wird von einem Hersteller in Deutschland vertrieben. Die Produkte gibt es nur über das Internet oder durch deren Katalog zu beziehen. Eine Liste aller Kunden, die in den letzten Monaten dort gekauft haben, wird von dem Händler noch gefaxt.«

Ein kurzer Regenschauer ließ Talberg zum Fenster eilen, um es zu schließen. Dabei fiel sein Blick auf die andere Straßenseite. Thorsten Beier und Greta König spazierten in Richtung Reuterstraße. Schnell spurtete der Hauptkommissar nach draußen mit der Begründung, eine Runde Pizza spendieren zu wollen. Wie es der Zufall so wollte, fand er die beiden in der Warteschlange des Straßenitalieners.

Unbemerkt lauschte Talberg heimlich ihrem Gespräch.

»Über dein Handy warst du nicht zu erreichen. Wie immer! Du warst nicht da, als sie starb.«

Greta hoffte Anzeichen von Reue bei dem jungen Mann zu entdecken.

»Sie wäre ohnehin gestorben, was macht das für einen Unterschied, ob ich dabei war oder nicht?«

Genervt wendete sich Thorsten ab, um die Speisekarte über der Theke zu lesen.

»Du siehst das alles mal wieder viel zu locker!« Verärgert stieß Greta Thorsten mit dem Ellenbogen in die Seite.

»Aua, was soll das denn? An mich denkst du gar nicht, oder? Wie ich mich nach der ganzen Sache mit Marie fühle?«

»Entschuldigung! Aber du kanntest sie doch erst sechs Wochen!«

»Vielleicht war sie die Liebe meines Lebens? Ich wollte mit ihr nach Australien.« Thorsten schaute beleidigt.

»Die große Liebe ist es bei dir immer. Da gebe ich schon gar nichts mehr drauf.« Greta wählte eine Pizza Salami aus und Thorsten bestellte sich nur ein Bier.

»Du tust gerade so, als ob dir der Tod von Marie gar nichts ausmacht.« Gespannt wartete Thorsten auf die Antwort.

»Quatsch, so ist das nicht. Ich kannte sie doch nur vom Gardetraining. Meine beste Freundin war sie nicht unbedingt, wie du weißt.«

»Jeder, der besser tanzen kann als du, ist nicht unbedingt deine Freundin.« Jetzt grinste Thorsten Greta ins Gesicht.

»Hör auf damit! Unsere Oma ist am gleichen Abend gestorben wie Marie. Wir alle waren bei ihr im Krankenhaus, nur du nicht und das, das werde ich dir nicht vergessen, Lieblingscousin.«

Greta schnappte sich den inzwischen bereitgestellten Pizzakarton und ging nach draußen. Talberg konnte sich noch außer Sichtweite bringen. Eines war wohl so gut wie sicher: Greta König fiel somit als Tatverdächtige aus. Thorsten legte lässig den Arm um Greta, mit dem anderen trank er aus der Bierflasche.

So viel Coolness und ein romantischer Rosenbrief? Wie könnte das zusammenpassen? Zurück im Präsidium berichtete Talberg den Kollegen über das mitgehörte Gespräch.

»Eine Pizza für vier Personen! Es gibt halt auch geizige Männer.« Kaum hörbar sprach Peter Bergmann zu seiner baldigen Exfrau.

Im selben Moment verlor die Glühbirne den Kampf gegen das trübe Licht des schwarzen Regenhimmels und erlosch.

✿

Sie erwachte durch die Nässe des Speichels an ihrer rechten Wange. Wie lange der grüne Teppich ihr bereits als Schlafplatz diente, konnte sie nicht abschätzen. Im Halbschlaf hörte die Frau immer wieder Rufe und Gehämmer jenseits der Wohnungstür. Sie besaß einfach keine Kraft mehr aufzustehen. Eine Hand berührte ihre Schulter und rief mehrmals ihren Namen. Jetzt erkannte sie das besorgte Gesicht ihres Sohnes, der versuchte, sie in den nahestehenden Sessel zu heben. All seine Fragen wirbelten durch ihren Kopf. Sie hätte gerne etwas erwidert, wusste aber selbst keine eindeutige Antwort auf ihr Verhalten.

»Was ist denn zurzeit mit dir los, Mutter? Hast du deine Antidepressiva genommen? Mensch, kann man dich nicht mehr alleine lassen?« Sebastian stopfte die Tabletten in ihren willenlosen Mund und zwang sie, einen Schluck Wasser nachzutrinken.

»Ich dachte, bei Euch geht's momentan aufwärts. Papa wirkte so verändert und glücklich. Und auch du hast doch dein Leben wieder neu angepackt. Bastelst im Heidingsfelder Frauenkreis, gehst regelmäßig walken, habe ich mich da so getäuscht?«

Über die zahlreichen Affären des Vaters mit weitaus jüngeren Frauen sprach in der Familie niemand. Jeder nahm stillschweigend Kenntnis davon. Sebastian glaubte, der Spieltrieb seines in die Jahre gekommenen Vaters hätte nachgelassen und nach fast sechsunddreißig Jahren Ehe gäbe es ein Happy End für die beiden. Aber jetzt merkte er zum ersten Mal, dass diese Gedankengänge zu naiv waren.

Sein Vater ist ein gutaussehender Mann mit Macht, der eine durchschnittliche Frau gewählt hatte. Wahrscheinlich alles Taktik, um in der Politik zu punkten. Daheim die gutbürgerliche Familie und hinter den Kulissen ein wildes Doppelleben.

Aber vielleicht täuschte er sich auch nur oder wollte sich täuschen? Wie gut kannte ein Kind seine Eltern denn wirklich?

In der Zwischenzeit schlief die stämmige Frau ein und träumte von ihrer sorglosen Kindheit in der Rhön. Kopfschüttelnd nahm der hilflose Sohn den abgerissenen Vorhang wahr. Er wählte die Handynummer seines Vaters, wie fast immer erfolglos. Also verschob Sebastian widerwillig einen wichtigen Termin, machte sich einen Espresso und nahm gegenüber der Mutter Platz. So kann es auf keinen Fall weitergehen. Irgendetwas war vorgefallen, nur was?

13

Greta König trainierte härter als alle anderen Gardemädchen, zumindest seit sie jetzt die Nummer eins im Team war. Eigentlich ärgerte es Greta, erst jetzt diese Chance bekommen zu haben. Dennoch freute sie sich über das Stipendium, würde sie doch bald Schülerin einer der renommiertesten Tanzschulen in Wien sein.

Als sie Anton Strahl und Hauptkommissar Frank Talberg im Radlersaal entdeckte, verdrehte sie die Augen. Strahl starrte sie immer so an und das machte ihr irgendwie Angst. Wäre er kein Polizeibeamter, würde die Tänzerin ihn eher als Psychopathen einstufen. Die Kommissare verlangten, dass die Mädchen ihre grünen Trainingsjacken parat halten und für eine Untersuchung zur Verfügung stellen sollten.

»Wieso das denn? Die habe ich gar nicht mit. Ist in der Wäsche! Sind sie pervers oder so? Macht Sie Schweißgeruch von jungen Frauen geil?«

Manche der Mädchen kicherten über das Gesagte, andere schüttelten nur den Kopf und griffen Greta empört an. Die Trainerin schlichtete den Streit und strafte die freche Dame mit einem strengen Blick. Mist, dachte sich Greta, hatte sie doch erst vor kurzem den Part des Lieblings bei ihr eingenommen.

»Normalerweise bevorzuge ich andere Methoden, um geil zu werden«, konterte Talberg gelassen. Erstaunt schaute Greta den Hauptkommissar an, der Punkt ging an ihn.

»Warum braucht ihr denn unsere Jacken? Hat das was mit dem Mord an Marie zu tun? Wenn ja, dann könnt ihr meinen Cousin auch bei den Eiern fassen, der hat auch 'ne grüne Joggingjacke.« Als Greta bemerkte, was sie da eigentlich gerade preisgegeben hatte, ärgerte sie sich noch mehr. Immer geht es um Marie. Selbst nach ihrem Tod tanzen alle nach ihrer Pfeife und müssen das Training unterbrechen.

Strahl sammelte die Jacken ein und Talberg ließ umgehend nach Thorsten Beier fahnden.

Die Polizisten überraschten den Studenten in seiner Bude in der Sanderau. Wie einen Schwerverbrecher führten die Beamten ihn ab, was lauten Beifall bei den schaulustigen Bewohnern hervorrief.

»Jetzt haben sie den Beier geschnappt! Ha, ha, wegen so ein bisschen Gras!«, schrie Kitty lachend aus dem Fenster und ergänzte: »Scheiß Bullenschweine!«

»Junge Dame, wir können Sie gern auch mitnehmen, wenn Sie das unbedingt möchten, gell.« Der Polizist ließ demonstrativ ein zweites Paar Handschellen um seinen Finger kreisen. Kitty duckte sich erschrocken am Fenster und sah zu, dass sie wegkam.

Talberg erfuhr von der groben Festnahme und war wenig begeistert. »Mensch, Schmitt und Fuchs, was sollte das denn?«

Mit den Schultern zuckend gingen die Beamten ihres Weges. Fuchs freute sich, endlich auch einmal jemanden festgenommen zu haben. Den Spaß wollte er nicht versäumen und dann noch die Ermahnung an die Kleine im ersten Stock. Einfach super!

Mit zwei Tassen dampfendem Kaffee betrat Talberg das Verhörzimmer. Thorsten sah mitgenommen aus.

»Hören Sie, ich hab mit dem Mord nichts zu tun!«

Talberg sah Thorsten direkt in die Augen und dieser hielt dem Blick stand. Der Hauptkommissar wendete sich als Erster ab und trank einen Schluck von dem braunen Glück.

»Marie war wie ein Lottogewinn für mich. Mit keiner hatte es bisher geklappt, was an meiner Vergangenheit liegt. Marie war das alles Wurst. In ihrem schlauen Computer steht ja alles Schwarz auf Weiß, Sie wissen sicher bestens über mich Bescheid.«

Talberg wusste alles über Beier. Kleinere Diebstähle als Zwölfjähriger, jeweils eine Anzeige wegen Körperverletzung und Drogenbesitzes, Autofahrens ohne Führerschein und weiterer Delikte solcher Art. Aber machte das den Studenten gleich zu einem Mörder?

»Sie denken sicher, dass ein Mord dann auch nicht mehr weit weg ist, stimmt's? Ich weiß, das ist jetzt keine Rechtfertigung, was ich Ihnen gleich erzähle. Aber früher war das meine Rechtfertigung für alles, was ich getan habe. Mein damals dreizehnjähriger Bruder wurde vor meinen Augen von einem Auto überfahren und war sofort tot. Ich war zehn und hab einige Jahre gebraucht, um das zu verkraften.«

Da wurde Talberg hellhörig. Für solche Geschichten war er nun mal sehr empfänglich.

Gemeinsam rauchten die beiden eine Zigarette, obwohl Talberg vor Jahren aufgehört hatte. Ab und an, wie gerade in solchen Situationen, machte er eine Ausnahme. »Ich habe Marie geliebt und ...«

Sarah Bergmann erschien in der Tür und bat Talberg nach draußen.

»Hast du etwa geraucht? Du riechst so.«

»Richtig erkannt, nehmen Sie mich jetzt fest?«

Talberg trat ganz nah an die hübsche Gerichtsmedizinerin. Ihre Lippen trennten nur noch wenige Millimeter. Bergmann fasste sich und schob die Auswertung der Sportjacken zwischen sich und Talberg.

»Was? Weder Beiers noch die Trainingsjacken der Mädchen stimmen mit den Fasern überein?«

Sarah nickte betroffen, ging an Talberg vorüber und streifte dabei seine Hand.

»Ich gebe den Kollegen die Auswertung und dann sehen wir uns gleich.« Bergmann hatte es plötzlich sehr eilig, wegzukommen. Schmunzelnd sah er seiner Kollegin nach und sagte Thorsten Beier, er könnte gehen. Gewohnt cool fragte er nach einer weiteren Tasse Kaffee, schließlich sei er Student und müsse schauen, wo er blieb. Talberg schenkte ihm noch einen Pappbecher ein. »Sogar einen Kaffee *to go,* und jetzt verschwinde!« Das ließ sich der junge Mann kein zweites Mal sagen.

Weiche, wunderschöne Gesichtskonturen umhüllt von samtigen langen Haaren. Anton Strahl kam ins Träumen und versuchte sich den süßen Geruch von Greta ins Gedächtnis zu rufen. Für die Gardemädchen war Anton Strahl ein alter Mann, dessen war er sich bewusst, aber dass Pajak und Beier es so leicht bei dem weiblichen Geschlecht hatten, ging nicht in seinen Kopf. Strahl ärgerte sich wegen der mangelnden

Erfahrungen, die er auf diesem Gebiet besaß. Nur ein einziges Mal war er in den Genuss eines leidenschaftlichen Kusses gekommen. Seine Cousine und er schauten als fünfzehnjährige Teenager einen Liebesfilm und Klara wollte gerne die Kussszene nachspielen. Danach kam niemals wieder eine solche Gelegenheit. Zwei oder auch drei Verabredungen mit Frauen verliefen erfolglos. Mutter hatte aber auch an jeder potenziellen Partnerin etwas auszusetzen. Aber vielleicht hatte sie recht, wer kennt den Sohn besser als die eigene Mutter? Gerne wäre er mit seinen zweiunddreißig Jahren verheiratet und Vater. So wie es sich laut Ansicht seines Onkels Heinrich für einen guten Franken eben gehörte. Er hatte die Nase voll von den Hänseleien seiner Kollegen. Bei denen galt Strahl als die »ewige Jungfrau«. Besonders Fuchs stichelte fast täglich in der Wunde, dabei wohnte der ebenso noch bei seinen Eltern. Er stolzierte nur mit so einer rothaarigen Schnepfe durch die Gegend, die ganz gut anzusehen war, was ihm bei seinen jüngeren Kollegen Respekt verschaffte. Vielleicht sollte er auch einmal so einen duftenden romantischen Rosenbrief an Greta schreiben. Schließlich war die junge Frau schon einundzwanzig Jahre, also altersmäßig gar nicht so weit von ihm entfernt.

Aber generell war sie weit über seinem Niveau. Sie würde sich wahrscheinlich kaputtlachen. Doch die werden alle noch schauen, was Anton Friedhelm Strahl alles kann und wozu er fähig ist. Er zerknüllte den bereits bereitgelegten Briefbogen und versuchte von seinem Platz aus den Mülleimer zu treffen, doch vergeblich.

14

Die Zuschauerränge in der s.Oliver-Arena füllten sich mit Familien und Freunden der Handballspielerinnen der TG Heidingsfeld. Miriam Bergmann war vor ihrem ersten Spiel sehr aufgeregt. Sie hielt unentwegt Ausschau nach ihrem Vater, dessen liebevolle Worte sie stets beruhigten. Ihre Mutter bemühte sich heute besonders um sie, aber Miriam konnte nicht verstehen, weshalb sie diesen Hauptkommissar Talberg und den komischen Anton Strahl mitgebracht hatte. Der Schnitt des blauen Trikots passte nicht zu den Proportionen ihres schlanken Körpers. Das Mädchen sah irgendwie verloren in ihrer Sportkleidung aus. Talberg konnte sich das zarte Persönchen keineswegs in einem Zweikampf vorstellen. Er streichelte ihr über die Wange und ermutigte sie, das zu geben, was in ihr steckt. Dabei sein mit Herzblut sei alles, gab er der Anfängerin als Motto für dieses Match mit.

Auf einmal bog Peter Bergmann mit einer hübschen Dame um die Ecke und begrüßte ein paar bekannte Eltern von Mitspielerinnen. Sarah wurde rot und drehte sich rasch wieder Talberg und Miriam zu. Dieser bemerkte die Befindlichkeit seiner Kollegin und stellte sich auf Zehenspitzen, um den hinteren Teil der Halle besser sehen zu können, in dem sich anscheinend der Grund dafür befand. Geschockt nahm er das turtelnde Paar wahr. Bergmann war mit der schönen Rothaarigen, eigentlich Fuchs' Freundin, gekommen.

»Wie kann er uns nur so blamieren? Diese Schlampe! Die

hat doch bestimmt schon mit jedem von der Polizei was gehabt!«

Wegen des ansteigenden Lärmpegels, den die Fans durch Trommeln, Tröten und Pfeifen verursachten, konnte nur Talberg hören, was Sarah eben von sich gegeben hatte.

»Du musst dich jetzt zusammenreißen. Denk nur an deine Tochter, auch wenn es schwerfällt. Es ist ihr großer Tag. Vielleicht hat er sie nur für heute von Fuchs gemietet«, scherzte der Hauptkommissar.

Sarah lachte und hakte sich bei Talberg ein, um gemeinsam auf die Tribüne zu gehen. Vorher küsste und drückte sie Miriam noch ganz fest, die das Ganze etwas peinlich fand. Schließlich war sie schon fast erwachsen und hatte einen Ruf bei ihren Freundinnen zu verlieren. Miriam begrüßte schnell noch ihren Vater und dessen Begleitung. Der erkannte Talberg und Sarah erst im letzten Augenblick und nahm ihr Zusammensein ebenfalls irritiert zur Kenntnis. Gehässig musterte die Rothaarige Sarah und tuschelte etwas in Peters Ohr. Der nickte nur gefällig in Richtung seiner Ex, um dann eine andere Richtung einzuschlagen, die die beiden auf ihre Plätze führte.

Ein schriller Pfiff kündigte den Beginn des Spiels an. Sarah saß ganz steif da und drückte beide Daumen zusammen. Anton Strahl hatte sich inzwischen wieder zu den beiden gesellt. Er versorgte das Team mit Popcorn und Bier. Wie Talberg schon vermutet hatte: Miriam eignete sich nicht besonders als Handballspielerin. Sie wirkte in dem ganzen Spiel fehl am Platz, was zur Folge hatte, dass keines der Mädels ihr den Ball zuspielte. Dem Hauptkommissar gefiel es, wie Sarah mitfieberte und ihre Tochter mit Zurufen anfeuerte. Die von der Hitze geröteten Wangen verliehen ihr ein mädchenhaftes Aussehen, was die legere Kleidung noch unterstrich. Sarah trug ein Polohemd und dazu Jeans. Ihre Haare hatte sie zu einem lockeren Zopf gebunden. Die Gerichtsmedizinerin bemerkte Talbergs Blick, der auf ihr ruhte.

»Hey, Herr Kollege, da vorne spielt die Musik!« Keck schaute sie ihn an und ließ es zu, dass er den Arm um sie legte.

Auf der anderen Seite saß Greta König. Ihre kleine Schwester hatte heute ebenfalls ihr Debüt. Leonie stellte sich viel besser als Miriam an. Greta hatte Mitleid mit der kleinen Bergmann, die nur auf dem Spielfeld rumstolperte.

Plötzlich verspürte sie ein Stechen in der Brust. Anton Strahl schien sie schon die ganze Zeit zu beobachten. Jetzt kreuzten sich ihre Blicke. Kalter Schweiß lief ihr über den Rücken. Sie sprang von ihrem Sitz auf und versuchte sich den Weg freizumachen.

»Mist, jetzt muss ich auch noch durch den Fanblock nach draußen«, stellte sie fluchend fest. Ein klatschender Mann wollte sie zum Mitsingen animieren und hielt sie bei den Händen. Greta konnte sich aber rasch aus dem festen Griff lösen. Mit zwei Fingern in den Ohren, um bei dem Lärm keinen Gehörschaden zu bekommen, kämpfte sie sich weiter Richtung Ausgang durch. Anton war schnell. Er wollte Greta auf keinen Fall verpassen. Seine Kollegen waren eh zu sehr mit sich beschäftigt, so dass die Abwesenheit von Strahl nicht weiter auffiel. Greta sah Anton bereits am Hauptausgang auf sie warten. Dumm war nur, dass ihr Fahrrad genau dort geparkt stand. Eine Option wäre natürlich, über den Hinterausgang ins Freie zu gelangen und von dort aus einfach loszurennen. Strahl würde das sofort merken und sie nach nur wenigen Minuten zu Fuß einholen. Sie musste sich also etwas einfallen lassen. Als sie kurz überlegte, kam ihr der Gedanke, Polizisten können doch privat schlecht abschalten, also würde Strahl wohl auch handeln, wenn hier irgendetwas passieren würde. In ihrer Nähe befand sich ein Mülleimer. Rasch zündete sie ein Streichholz an und ließ es unbemerkt in den Eimer fallen. Der Abfallbehälter brannte lichterloh. »Feuer, Feuer!«, rief ein kleines Mädchen und rannte weinend zu seiner Mutter. Anton Strahl bemerkte den Vorfall und eilte zu Hilfe. Mit einem Feuerlöscher, der an der Wand gehangen hatte, bewaffnet, löschte er den Brand. Greta nutzte die Ablenkung und rannte panisch zu ihrem Drahtesel. Aus dem Augenwinkel nahm Strahl Greta jedoch wahr. Der Kommissar ließ die erstaunte Menge zurück und folgte wie wild geworden seiner Angebeteten. Dabei rempelte er mit ein paar Teenagern zusammen, die ihrem Ärger mit bösen Beschimpfungen Luft machten. Auf der Treppe blieb er stehen, denn er konnte nur noch Gretas roten Kapuzenpulli in der Ferne ausmachen. Greta radelte um ihr Leben. Schweiß rann ihr in kleinen Perlen über die Stirn entlang der Schläfen. Die Kleidung klebte am ganzen Körper. Sollte sie sich jetzt eine Lungenentzündung holen, war dieser Arsch daran schuld. Greta war mehr denn je davon überzeugt, dass Anton Strahl gehörig was an der Klatsche hatte.

15

Die dargebotene Szenerie wirkte unheimlich. Brennende Fackeln umrahmten eine Strohpuppe, deren Kleid aus kariertem Baumwollstoff genäht war. Sie lag exakt an der Stelle am Heigelsbach wie Tage zuvor die schöne Marie. Auf der Stirn der Puppe stand durchgestrichen ihr Name. Dick aufgemalte Tränen liefen ihr über das Gesicht. Das Licht der Fackeln verlieh dem ganzen Schauspiel etwas Furchterregendes. Nicht zu übersehen war die erschütternde Botschaft auf weißes Leinen und in roter Farbe: Sophia.

Die Nachricht über das aufgestellte Ritual verbreitete sich rasant. Hauptkommissar Talberg und Strahl waren deshalb nicht die Einzigen vor Ort. Es herrschten chaotische Zustände.

Die Kommissare hatten sichtlich Mühe, ihre Arbeit zu erledigen. Journalist Mike Funke filmte mit seinem Smartphone, interviewte Schaulustige und ließ sich das ganze Spektakel richtig gut gefallen. Als eine Rangelei beinahe zu einer Schlägerei mutierte, hielt Funke sein Handy direkt auf das Geschehen. Wütend ging Talberg sofort auf Funke los und nahm ihm das Gerät aus der Hand. Im hohen Bogen flog es in den Bach. »Das wird diesmal für Sie schwere Konsequenzen haben.« Mike Funke hatte Schwierigkeiten, sich zurückzuhalten. Er wollte aber sein Gesicht bei den Heidingsfeldern nicht verlieren. Steckte doch hinter jedem Einzelnen ein potenzieller Informant. Die Löschaktion der eingetroffenen Feuerwehrleute sowie die Menschenansammlung verringerten die Hoffnung auf brauchbare Spuren, die auf die oder den Täter hinwiesen. Anton Strahl fotografierte den aufgebahrten Altar. Irgendwo hatte er diese Strohpuppe doch schon mal gesehen! Stimmt, zu Hause in Mutter Adelheids Bastelzimmer. Oh Gott! Schwindel überkam seinen schlanken Körper. Im letzten Moment konnte sich der junge Mann noch am Brückengeländer festhalten. Hatte seine Mutter tatsächlich etwas mit dieser scheußlichen Sache zu tun? Ohne sich nochmals umzudrehen, rannte Strahl nach Hause. Auf Talbergs Rufe reagierte er nicht. In seinen Augen brannten Tränen. Er konnte es nicht glauben, dass er sich hilflos wie ein kleiner Schuljunge fühlen konnte, dem übel mitgespielt wurde. Das kleine Haus am Dürrenberg wirkte wie immer einladend und gemütlich. Mutter Adelheid saß in ihrem Stricksessel am Fenster und erfreute sich am Ausblick, der die Blumenpracht im Vorgarten zeigte.

Schon von weitem sah sie ihren Jungen. Die in die Jahre gekommene Frau wusste von den Ereignissen am Heigelsbach, war sie doch maßgeblich daran beteiligt gewesen. Aber was das alles wirklich zu bedeuten hatte und was sie damit verursachte, war der hilfsbereiten Dame alles andere als bewusst. Die Tür flog auf und Anton Strahl stürzte in die Wohnstube. Er kniete sich vor der Mutter hin und flüsterte: »Mutter, was hast du gemacht?«

»Die ›Gscheide‹, also die Paula Sprung, und ich wollten der Ingeborg doch nur helfen, mein Junge. Sie war in letzter Zeit so traurig und nahm wieder Tabletten. Für uns ist so ein Ritual sehr ungewöhnlich, um die Trauer eines Menschen zu verarbeiten. Aber die Ingeborg liest doch so Esoterikbücher. Das Ganze war ihre eigene Idee, sie hat alles alleine gebastelt und organisiert. Zum Tragen hat sie halt noch jemanden gebraucht.« Zärtlich streichelten die Mutterhände über den Kopf des Kommissars.

Wider Erwarten befreite sich Strahl aus der liebevollen Geste. »Mutter, ich muss dich leider mit aufs Präsidium nehmen.«

Erstaunt sah sie ihrem Sohn in die Augen und erkannte in seinem Blick eine noch nie da gewesene Entschlossenheit.

Frank Talberg schickte der »grünen Eva« sogleich eine E-Mail mit den Fotos. Wenn sich jemand mit Ritualen auskannte, dann sie.

Ohne anzuklopfen stürmte Peter Bergmann in das Büro des Hauptkommissars. »Diesmal kommen Sie nicht so einfach davon! Haben Sie denn alle guten Geister verlassen? Ich zitiere: Heidingsfelder Polizei gewaltbereit und überfordert! Hauptkommissar Frank Talberg greift Reporter Mike Funke an. Online können Sie das schon lesen, morgen dann ganz groß in der Tageszeitung. Ach ja, einen netten kleinen Film als Beweis für den Angriff auf Funke gibt's ebenfalls im Internet.«

Unbeeindruckt beobachtete Talberg seinen Kollegen, der jetzt nervös im Zimmer auf und ab ging. Abrupt blieb er stehen: »Ich werde ein internes Verfahren gegen Sie einleiten. Mal sehen, was da noch so ans Tageslicht kommt.«

»Bergmann, ich hab nichts mit Ihrer Frau!« Provozierend sah Talberg den sichtlich verdutzten Leiter der Polizeiinspektion an. Mit einem Satz beugte sich dieser über den Schreibtisch und packte Talberg am Kragen. »Ich warne Sie, Freundchen, ich mach Sie fertig, wenn's sein muss!«

»Was ist denn hier los?« In der Tür erschien Sarah Bergmann, die nicht so recht wusste, was sich hier gerade abspielte.

»Dein Exmann zeigt mir gerade ein paar Griffe, die er im neuen Selbstverteidigungskurs gelernt hat.«

»Für so was hast du noch Zeit? Respekt!« Sie war sich nicht ganz sicher, ob sie das eben Gesagte glauben konnte, wollte aber gerne auf das Spielchen von Talberg eingehen, um eventuelle Peinlichkeiten zu vermeiden. Ihr Bauchgefühl sendete ihr ganz andere Botschaften.

In Bergmanns Augen spiegelten sich Hass und Wut wider. Gerne hätte er ausgeholt und Talberg eine verpasst. Warum die plötzliche Antipathie gegen seinen sonst so geschätzten Kollegen? Bergmann kannte sich die Tage selbst nicht mehr. Vielleicht sollte er, wenn der Fall gelöst war, Urlaub machen.

»Die Adressen der Rosenparfumkunden aus Würzburg sind soeben gefaxt worden. Nur zwei Namen aus Heidingsfeld stehen auf der Liste: Adelheid Strahl und Ingeborg Stramm, die Frau des Bürgermeisters.«

»Das genau ist das Stichwort, Frank, ich muss dir was erzählen!« Außer Atem lehnte Eva im Türrahmen und rang nach Luft.

16

Schweigen, die Angst, etwas Falsches zu tun oder zu sagen, bestimmten die Kommunikation der beiden. Talberg konnte die Nachricht kaum fassen. Er fühlte sich überfordert. Eva starrte in ihre Tasse und rührte dabei mehr Milch als nötig in ihren bereits kalten Kaffee. Sie wollte irgendetwas sagen, um wieder die Vertrautheit zu ihrem langjährigen Freund herzustellen und zu spüren. Langsam begann sie, in ihrer Geschichte fortzufahren. »Ich war damals noch sehr jung. Er hat mich sehr beeindruckt und ich war verliebt.« Etwas beschämt gab sie diese Gefühle für den redegewandten verheirateten Politiker zu. Sie lernten sich damals durch eine gemeinsame Bekannte auf dem Werkingstraßen-Weinfest kennen. Die gebürtige Bambergerin studierte an der Würzburger Universität Medizin. »Als ich mit Sophia schwanger wurde, kaufte er mir das Haus am Heigelsbach.«

Es fehlte der kleinen Familie finanziell an nichts. Eva konnte sich nach dem Studium sogar eine eigene Naturheilpraxis aufbauen. Aber Sophia vermisste ihren Vater, der nur spontan mit ihnen zusammenleben konnte.

»Mir war von Anfang an klar gewesen, dass er seine Frau und die zwei Kinder niemals für uns verlassen würde.«

Irgendwann zog die junge Frau dann einen Schlussstrich unter die zukunftslose Beziehung. Das Einzige, was Eva blieb, waren monatliche Unterhaltszahlungen auf ihr Konto.

»Ich glaube, er war froh, dass ich Schluss gemacht habe.

Für ihn war das Doppelleben zu riskant. Wenn das öffentlich bekannt geworden wäre, würde er heute nicht auf dem Chefsessel sitzen.«

Nach und nach vergaß Sophia ihren Vater. Aber mit acht Jahren begann sie Fragen zu stellen.

»Für mich war die Variante eines weggelaufenen und verschollenen Vaters einfacher zu erzählen als die Wahrheit.«

Diese Geschichte kaufte ihr das Mädchen auch ab. Vor ein paar Wochen geriet aber alles ins Wanken. Er stand nach all den Jahren vor Evas Tür und bat um ein Gespräch. »Wir wollten es erst Sophia sagen und dann seiner Familie. Doch die Sache mit Marie kam dazwischen.« Alles andere hätte Talberg von Eva erwartet, aber keine gemeinsame Tochter mit dem Bürgermeister Helmut Stramm. Jung hin oder her, dass sie einmal das Liebchen von diesem Weiberhelden war und Jahre später dann etwas mit ihm hatte, verletzte seinen Stolz. »Frank, sag doch bitte was! Schau mich nicht wie eine Schwerverbrecherin an.« »Was willst du denn hören, Eva?« Verletzt von Talbergs kühlem Verhalten nahm sie wie zum Schutz eine andere Sitzhaltung ein. Sie verschränkte die Arme vor der Brust und sah Talberg herausfordernd an. »Gut, lassen wir die Geschichte jetzt erst einmal. Du wolltest mir doch noch etwas anderes zeigen.« Würde es nicht um die Sicherheit ihrer Tochter gehen, wäre Eva am liebsten aufgestanden und davongelaufen. Die Reaktion von Talberg stimmte sie traurig.

Auf dem Tisch lagen jetzt ausgebreitet die Fotos des Rituals. »Diese Art von Ritual bedeutet, dass die falsche Person den Tod gefunden hat. Sie soll wieder auferstehen und als Tausch bekommt der Tod jemand anderes ausgehändigt. In dem Fall meine Tochter.«

Sie zog ein Bild aus ihrer Jackentasche. Zu sehen waren Marie und Sophia in ihrer Gardeuniform. Auf den ersten Blick sahen sie sich zum Verwechseln ähnlich. Erstaunt nahm Talberg Eva das Foto aus den Händen.

»Ich werde das Gefühl nicht los, das dies alles auch irgendwie mit Helmut und unserer Geschichte zusammenhängt. Was ist, wenn der Mörder sich getäuscht hat und er nicht Marie, sondern Sophia umbringen wollte?«

Zögernd griff Talberg nach ihrer Hand. »Dann werden wir es herausfinden und deine Kleine beschützen.«

17

Die traumhafte Landschaft der Rhön zeigte sich heute von ihrer besten Seite und ließ damit den Alltag in Heidingsfeld schnell vergessen. Wäre da nicht ein entscheidendes Problem, das auch die Ursache der Reise darstellte. Hauptkommissar Frank Talberg schnürte sich die Wanderstiefel und trank einen Schluck Wasser aus einer kleinen Aluminiumflasche. Der Zauber der Natur auf dem Weg zur Thüringer Hütte sollte ihm den Kopf frei machen, um in vielen Angelegenheiten wieder klarzusehen. Diese Tour stand für Talberg schon lange an und war mehr als überfällig gewesen. Magenschmerzen bereitete ihm der anstehende Besuch bei Josef Hammer in Fladungen. Ingeborg Stramms Vater aufzusuchen war riskant, aber die einzige Möglichkeit, ungestört etwas über die Eheleute zu erfahren. Vielleicht konnte er von einem gesprächigen alten Mann, der selten Besuch bekam und deshalb gewiss aus dem Nähkästchen plaudern würde, interessante Informationen erhalten. Evas Geschichte und der Mord an Marie Gutberg - vielleicht gibt es wirklich Zusammenhänge und so war jede noch so erdenkliche Quelle wichtig. Er dachte an diesem Tag immer wieder an Sarah, was ihm gar nicht gefiel. Talberg wusste nicht, wohin die Geschichte mit ihr führen würde und was sie ihm wirklich bedeutete. In Gefühlsdingen war der Einzelgänger noch nie besonders gut gewesen.

Da riss ihn das Klingeln des Handys aus seiner Gedankenwelt. »Frank, wo bist du denn?« Es war Sarah, die sich wunderte, Talberg nicht auf der Dienststelle anzutreffen.

»In der Rhön!«

»In der Rhön? Wir haben hier einen Mordfall aufzuklären.«

Das Schweigen am anderen Ende der Leitung verhieß nichts Gutes für Talberg. Entweder war sie sauer, weil er sie nicht gefragt hatte, ob sie mitfahren möchte, oder es war irgendetwas vorgefallen.

»Ich bin heute Abend wieder in Heidingsfeld. Alles in Ordnung bei euch?«

Talberg wartete auf Sarahs Antwort und überlegte, ob es ratsam war, sie einzuweihen. Je weniger davon wussten, desto besser, fand Talberg. Mit dem Bürgermeister wollte er sich keineswegs ohne Grund anlegen. Er vertraute auf die Informationen über Josef Hammer, die ihn als einen verwirrten und vergesslichen Mann beschrieben. Würde er das Gespräch geschickt führen, mit dem Alten noch einen guten Wein trinken, seinen Namen nur einmal erwähnen, müsste er auf der sicheren Seite sein.

Talberg weihte Bergmann schließlich in sein Vorhaben ein. Sie fand die Idee gut, bedauerte aber, nicht auch einen schönen Tag in der Natur verbringen zu dürfen. Also doch, sie war etwas beleidigt und das erfreute Talberg.

Er konnte den Geruch nicht genau beschreiben, der in der engen Gasse hing, die zu Josef Hammers Haus führte. Vielleicht eine Mischung aus feuchtem Moos und gehobelten Sägespänen? Ein kleines Mädchen spielte mit Murmeln und saß dabei auf der Stufe vor einer grünen Eingangstür. Mit einem Backblech voller bunter Kekse trat die Mutter in den Flur und rief nach der Kleinen, die sofort ihr Spiel unterbrach und sich auf das leckere Gebäck freute. An den Fenstern hingen Blumenkästen, die, gefüllt mit der bunten Pracht der Natur, für jeden, der durch die Gasse spazierte, ein schönes einladendes Bild darboten.

Als Talberg eine Kreuzung passierte, wusste er, woher der Holzgeruch stammte. Sein Weg führte direkt an einer kleinen Holzschnitzerei vorbei. Ein Mann mit langem grauen Bart, in Lederhose und mit Hut, schnitzte, umringt von Kindern, die Talberg freundlich grüßten, an einer Figur. Dem Hauptkommissar gefiel die ländliche Idylle, erinnerte es ihn doch selbst an seine eigene Kindheit auf dem Land.

Auf einem Grundstück stand ein großer Apfelbaum. An einem der Äste hing noch die Vorrichtung für eine Schaukel. Der Garten sah verwildert aus. Hier und da fand man ein paar Beete, die dem Anschein nach noch bepflanzt wurden.

Die graue Latzhose des alten Mannes, der dort stand, reichte kaum bis zum Ansatz der Schuhe und war dem Träger daher viel zu klein. Darunter trug er ein blau-rot kariertes Hemd. Er sah mitgenommen aus und schien nach etwas Ausschau zu halten.

»Ja, wo habe ich nur mein Schnupftuch hingetan? Ich muss es verloren haben. So ein Jammer! Ach Gott, was mache ich jetzt nur?« Besorgt blickte er auf den Boden und hielt sich eine Hand direkt vor das Gesicht. Aus seiner Nase tropfte es bereits, also entschloss der Alte sich, den Hemdsärmel zu benutzen.

Talberg reagierte sofort. »Hier, nehmen Sie ein Taschentuch von mir.«

Beschämt nahm er das weiße Papierstück entgegen. Dabei stellte Talberg fest, dass ihm das gesuchte blaue Stofftuch aus der Tasche hing. Der Mann streckte die Hand über den Gartenzaun hinweg nach Talberg zum Gruß aus. Eigentlich wollte Talberg, nach dem, was er gerade beobachtet hatte, die Geste der Begrüßung keinesfalls erwidern. Als sich ihm der Mann aber als Josef Hammer vorstellte, wagte er es doch nicht, ihn zu verärgern.

»So, so, Sie sind aus Würzburg, auch noch aus Heidingsfeld.« Seine müden grauen Augen glänzten. »Kommen Sie doch bitte rein, bitte, kommen Sie.«

Verstohlen wischte sich Talberg die Hände ab. Er hatte sich noch nicht einmal vorgestellt und der Alte vertraute ihm schon. Im Flur des kleinen Anwesens hingen gerahmte Familienfotos. Auf einem der Bilder machte Talberg das Brautpaar Stramm ausfindig.

»Ingeborg und Helmut.« Lächelnd zeigte Talberg auf die beiden.

»Sie kennen meine Tochter?«

»Seit über zwanzig Jahren lebe ich bereits in Heidingsfeld.«

»Schön, einfach schön. Setzen Sie sich doch.« Josef Hammer deutete auf die Sitzecke in der Wohnstube.

Talberg überreichte den mitgebrachten Frankenwein und bald saßen sie wie zwei alte Freunde bei einem guten Gläschen zusammen.

»Der Helmut ist damals mit ein paar Kerlen nach Fladungen zum Tanzen gekommen. Ja, da ging die Jugend noch auf Tanz. Er war ganz vernarrt in meine Jüngste. Jede hätte er haben können, aber nein, er wollte meine Ingeborg.« Freudig schwelgte er in alten Erinnerungen. Unter der Sitzfläche der Eckbank befand sich ein Stauraum. Dort kramte Josef Hammer einen Karton mit alten Aufnahmen hervor. »Sehen Sie, das sind Helmut und Ingeborg an dem Abend, als sie sich kennengelernt haben.«

Talberg sah eine füllige, lachende junge Dame zusammen mit drei weiteren Mädchen auf einer Bank sitzen. Helmut stand mit seinen Freunden links daneben. Ein Gesicht kam Talberg sofort bekannt vor. Hätte er nicht das Datum gelesen, würde er glauben, Anton Strahl posierte hier Arm in Arm mit Stramm. »Wer ist der Mann hier gleich neben Ihrem Schwiegersohn?« Mit zusammengekniffenen Augen betrachtete er das Foto. »Ha, jetzt fällt es mir wieder ein! Das ist Reinhold Strahl, ein ganz merkwürdiger Kerl war das. Der war kein guter Umgang für Helmut.«

»Wie meinen Sie das, Herr Hammer?«

»Na ja, wie soll ich das am besten sagen, ohne dass es Missverständnisse gibt?« Fragend sah er Talberg an.

»Sprechen Sie bitte offen, bei mir ist das Geheimnis gut aufgehoben.« Im selben Moment erhob Talberg das Glas und prostete seinem Tischgenossen zu.

»Gut, gut, Sie sind ja ein Lieber«. Er tätschelte die Hand des Hauptkommissars, lehnte sich dabei zurück und faltete die Hände auf dem Schoß. »Mein Schwiegersohn war damals bereits sehr erfolgreich politisch aktiv, aber es gab da einen Konkurrenten. Wie das alles zusammenhing, da kann ich mich leider nicht mehr erinnern. Jedenfalls versprach dieser Strahl das Problem zu beseitigen, Sie verstehen?« Dabei starrte der Alte ins Leere. »Helmut war immer ein netter junger Mann gewesen, aber wenn es um die Politik ging, war er zu allen Mitteln fähig. Sein Konkurrent war von heute auf morgen spurlos verschwunden.«

»Sie meinen, er wurde ermordet?« Talberg nahm einen kräftigen Schluck Wein.

»Ich weiß es nicht. Keiner wusste irgendetwas. Man hat den armen Kerl nie wieder gesehen. Kurze Zeit später war auch dieser Strahl weg und ließ Frau und Kind einfach zurück.«

Es hatte sich also gelohnt, nach Fladungen zu kommen. Diese Geschichte fand Talberg sehr interessant.

Auf einmal klingelte es Sturm und kurze Zeit später schloss eine Frau der Sozialstation die Haustür auf. »Guten Abend, Herr Hammer!« Sie blieb erstaunt stehen, als sie den Fremden erblickte. Wie schon vermutet, kümmerte sich kaum ein Angehöriger um Josef und deshalb war es ungewohnt, noch eine weitere Person im Haus vorzufinden.

»Wollen Sie mir Ihren Besuch gar nicht vorstellen?«

Jetzt war der Gastgeber sichtlich überfordert mit der Situation und antwortete: »Das hier ist Georg, mein lieber Bruder Georg. Der kommt direkt von der Front.« Stolz zeigte er dabei auf Talberg, der diesen Moment nutzte, um sich davonzustehlen. Kurz nickte er der Pflegerin zu und meinte, dass es besser sei, jetzt zu gehen.

Die Pflegerin zog Talberg jedoch in die Küche und ermahnte ihn, nicht alles zu glauben, was der Alte von sich gab.

Er verwechsele oft die Realität mit dem, was er im Fernsehen sah. Er bedankte sich und ging nach draußen. Talberg hatte es zwar geschafft, anonym zu ermitteln, konnte sich aber nicht sicher sein, ob die Geschichte, die Hammer ihm über Stramm erzählt hatte, überhaupt stimmte.

Er ging entlang der Hauptstraße zurück zu seinem geparkten Wagen und überlegte, ob er Sarah eine Kleinigkeit mitbringen sollte. Nach kurzem Zögern stieg er ohne ein Mitbringsel in den Wagen und fuhr zurück nach Würzburg.

Die Rosenkönigin
Ein Märchen

Vor sehr langer Zeit lebte einmal ein Gärtner mit seiner Frau und seiner Tochter in einem kleinen Backsteinhaus, umringt von einem prächtigen Rosengarten. Die Liebe zu den edlen Gewächsen vererbte die Mutter ihrer Tochter und ließ sich von ihr auf dem Sterbebett das Versprechen geben, stets eine gute Hüterin für die Schützlinge zu sein. Im Lauf der Jahre nutzte das Mädchen seine Fähigkeiten und bot auf dem Wochenmarkt Rosenmarmelade, Tees und Düfte an. Dies geschah oft mit schlechtem Gewissen, denn die Mutter hatte ihr einst gesagt: »Manchmal ist es im Leben wichtiger, eine Rose zu besitzen als Brot. Weiße Rosen symbolisieren Frieden, gelbe Rosen die Hoffnung und rote Rosen die Liebe. Wenn du traurig bist, kann der Anblick einer schönen Rose dir Trost und Zuversicht spenden. Vergiss das nie, mein Kind.«

Weit über die Stadtmauern hinaus wurde das Mädchen mit seinen Rosenkünsten bekannt. So kamen Besucher aus weiter Ferne, um sich an den wunderschönen Rosen zu ergötzen. Eines Tages kam ein junger Prinz des Weges und beobachtete das Mädchen in ihrem Rosengarten. Vom ersten Augenblick an war er angetan von ihrer Schönheit und ihrer Liebe zu den Blumen. Er wollte sie unbedingt zu seiner Frau nehmen. Täglich besuchte er nun seine Angebetete und ließ sich von ihr in das Geheimnis der Rosen einweisen. Am Hofe war man über die Entwicklung dieser Beziehung nicht einverstanden, und es wurde dem jungen Prinzen von seinen Eltern untersagt, jemals wieder auch nur einen Fuß in des Gärtners Haus zu setzen.

Das junge Paar wollte aber ohne den anderen nicht leben und so beschlossen sie, miteinander zu fliehen. In den frühen Morgenstunden ritt der junge Prinz mit dem Mädchen davon, doch sie kamen nicht weit und wurden von Wachen des Hofes eingeholt. Der junge Prinz stellte sich schützend vor seine Geliebte und gab nicht auf. So sprach der König zu seinem Sohn: »Du bist ein Prinz und wirst einst König über diese Ländereien sein und dann brauchst du eine wahre Königin an deiner Seite.« Auf einmal tat sich der Himmel auf und es regnete rote Rosen. Eine sanfte Stimme sprach zu den Menschen: »Seht doch nur, sie ist eine wahre Königin, sie ist die Rosenkönigin.« Voller Ehrfurcht kniete sich die Gefolgschaft nieder und huldigte der neuen Königin. Das Ereignis verbreitete sich rasch im Königreich und alle freuten sich mit dem jungen Paar. Seitdem regnete es jedes Jahr auf den Tag genau rote Rosen für alle Menschen.

Ende gut, alles gut?

18

Dienstag, 11. September

Das rote Rosenbukett war farblich auf die Bluse der Dame am Tisch abgestimmt. Kerzenschein und Geigenspieler verliehen der Feierlichkeit einen romantischen Charakter. Nach fünfunddreißig gemeinsamen Ehejahren, stets im Blick der Öffentlichkeit, ließ sich das Paar auch heute vorbildlich in einem von Heidingsfeldern gut besuchten Restaurant sehen. Gemeinsam aßen die beiden das Lieblingsessen des Bürgermeisters.

»Schau mal, Ingeborg, was ich da für dich hab!« Etwas unbeholfen zog Helmut Stramm ein kleines vielversprechendes Kästchen aus der Anzugtasche. Erwartungsvoll musterte er seine Gemahlin, die sogleich das Päckchen öffnete. Das Lächeln verschwand kurz aus ihrem vollen Gesicht. Etwas enttäuscht stellte sie fest, dass es sich bei dem Schmuckstück um ihren alten, aber weitergemachten Ehering handelte. Wegen ihrer dicker gewordenen Finger konnte sie seit längerem das goldene Siegel ihrer Ehe nicht mehr tragen. Aufgeregt drehte sie den Ring von einer Richtung in die andere in der Hoffnung, vielleicht irgendwo eine neue Gravur, die ihre Liebe bekräftigte, zu finden.

»Was machst du denn da, Schatz? Anziehen sollst du den Ring, damit jeder wieder sieht, wie gut es immer noch um uns steht.«

Recht hat er, dachte sich die jetzt wieder lieb schauende Ehefrau. War denn die lange gemeinsame Zeit nicht Beweis genug für ihren einst geschworenen Bund? Hastig griff Ingeborg nach ihrem Glas Wein, um mit ihrem Gatten anzustoßen.

»Na, meine Kleine, so temperamentvoll? Da darf sich ja dein Tiger später noch auf aussichtsreiche Stunden freuen.«

Schamesröte stieg ihr in die Wangen und sie kicherte verlegen wie ein junges Mädchen. Helmut Stramm beugte sich über den Tisch und küsste die kleine Stupsnase seiner fülligen Frau.

Ein plötzlicher Anruf, der Helmut Stramm veranlasste, zu einem nicht aufschiebbaren Termin aufzubrechen, bestimmte den weiteren Verlauf des Abends.

Eigentlich war es Ingeborg gewohnt, dass wichtige Familienfeste stets an zweiter Stelle standen, wenn es um das Amt ihres Mannes ging. Aber heute Abend konnte sie das nur schwer ertragen. Nervös nahm sie den Geldbeutel ihres Mannes entgegen, um zu zahlen. Helmut Stramm holte derzeit den Wagen aus der Tiefgarage. So kam es, wie es kommen musste: Vor lauter Hektik fiel ihr das Portemonnaie auf den Boden. Eilig versuchte sie die zahlreichen Zettel und Visitenkarten aufzusammeln.

Als sie gezahlt hatte und bereits ihren Mantel anzog, kam ein Kellner auf sie zu. »Frau Stramm, Sie haben etwas vergessen!« Der junge Mann wedelte mit einem Foto, das er gerade noch unter dem Platz ihres Mannes gefunden hatte.

Komisch, für den Geldbeutel war das Format aber zu groß. Es musste Helmut aus der Jackentasche gefallen sein. Wie immer mit einem trainierten Lächeln nahm sie das Bild entgegen. Als sie es umdrehte, sah sie darauf ihren verkleideten

Gatten bei einer Faschingsveranstaltung, wie er gerade vom Gardemädchen Sophia Maier herzhaft auf die Wange geküsst wurde.

✿

Der einsetzende Nieselregen mischte sich mit den Tränen von Ingeborg Stramm. Sie trug ihre grüne Regenjacke, doch die Kapuze wollte die Walkerin nicht aufziehen. Kalter Regen sollte ihren Schmerz wegspülen und die erhitzten Wangen kühlen. Es störte sie nicht einmal, dass verschmierte schwarze Wimperntusche kleine Bachläufe auf ihrem Gesicht zeichnete. Routiniert ging sie die Laufstrecke durch die Klosterstraße und bog in den Unteren Weg ein, um von dort durch die Parkanlage Richtung Rathaus die Runde zu beenden.

Harmloses Geplauder hatte zuvor die Unterhaltung im Wagen des Ehepaars bestimmt. Die Bürgermeistergattin hatte es nicht gewagt, ihren Mann auf das Foto anzusprechen. Vielleicht war alles ganz harmlos. Sophia Maier die Geliebte von Helmut? Würde er sich jetzt mit so blutjungen Dingern einlassen? Ingeborg wusste nicht, ob sie ihrem Verstand oder ihrem Gefühl trauen konnte. Hatte ihr Gatte sie doch in der Vergangenheit allzu oft mit Verhältnissen zu sehr jungen Frauen überrascht. Sie wollte sich nicht mehr durch ihre Naivität vor ihren Freundinnen bloßstellen.

Jetzt war das Maß voll, und das erste Mal in ihrer Beziehung zu Helmut spürte sie so etwas wie Ehre und Stolz, die es zu verteidigen gab. Sie würde sich mit einem ausgeklügelten Plan rächen. Keiner durfte sie mehr unterschätzen und belächeln. So schlecht hatte sie sich schon lange nicht mehr gefühlt, es gab einfach zu viele offene Fragen in ihrer Ehe.

Stechende Schmerzen im rechten Bein zwangen die laut Schnaufende zum Stehen. »Das gibt es doch nicht! Ich werde diese Runde ohne Pausen schaffen. Wenigstens diese Freude wird mir doch vergönnt sein!« Trotz der Vorsätze musste Ingeborg Stramm langsamer gehen. Kurz vor dem Radlersaal sah sie auf dem Brückengeländer eines der Gardemädchen in ihrem Kostüm sitzen. Sie wippte mit ihren langen makellosen Beinen und telefonierte gerade sehr konzentriert.

»Das ist doch die Maier!« Sicher sprach sie gerade mit Helmut, um einen Treffpunkt auszumachen. Wut und Hass übermannten die sonst so geduldige Ingeborg. Wie wild geworden rannte die Frau des Bürgermeisters auf das Mädchen zu. Diese blickte Ingeborg überrascht an. Alles ging viel zu schnell. Mit Wucht packte Ingeborg die vermeintliche Konkurrentin. Der geringe Widerstand, der von Marie ausging, reichte nicht aus. Das Mädchen verlor das Gleichgewicht und stürzte vom Geländer.

Ein kleiner weißer Knopf zwischen zwei ihrer rundlichen Finger versetzte Ingeborg in einen Schockzustand. Das wollte ich doch gar nicht, oder? Für einen Moment fasste sie sich wieder. Wer sagt denn, dass etwas passiert ist? Die Stille, Ingeborg, die Stille.

✿

Mit zitternden Händen versuchte Ingeborg den Schlüssel in das Schloss der Wohnungstür zu stecken. Auf einmal öffnete sich die Tür und ihr Mann stand lächelnd vor ihr.

»Wo warst du denn? Wie siehst du überhaupt aus, Kleines?« Verwundert musterte Helmut seine Ehefrau. »Wir haben doch noch was zu feiern. Der Abend ist jung. Zum Glück hat der Termin nicht lange gedauert und so haben wir die Möglichkeit, unseren großen Tag gemütlich ausklingen zu lassen.«

Was war nur in ihren Gatten gefahren? So zuvorkommend war er in den letzten Monaten selten gewesen. Wahrscheinlich plagte ihn das schlechte Gewissen. Aber damit war jetzt Schluss. Dieses Problem stand nicht mehr zwischen Ingeborg und ihrer großen Liebe. Sie wird um den Angebeteten wie eine Löwin kämpfen.

Reiß dich zusammen, Ingeborg, das ist vielleicht deine letzte Chance, ihn für immer zurückzugewinnen. Unsicherheit und Angst bestimmten ihre Gedanken, und dies machte sich sogleich in jeder Faser ihres Körpers bemerkbar.

»Na, nervös, meine Süße?«

Ingeborg spürte ihren Mann dicht hinter sich. Etwas zu ruckartig zog sie ihre Sportjacke aus. Wie mechanisch suchten ihre Lippen die seinen.

»Geh duschen, ich warte im Schlafzimmer auf dich!«

Freude, aber auch Hass stiegen in der massigen Frau auf. Galt diese Leidenschaft wirklich ihr, oder brauchte ihr Gatte nur Zuneigung, die ihm seine junge Geliebte heute Abend nicht geben konnte? Zu viele unterschiedliche Emotionen lähmten Ingeborg. Klare Gedanken konnte sie nicht mehr fassen, obwohl sie sie dringend benötigt hätte, um die Nacht und auch die nächsten Tage zu überstehen.

Mühselig versuchte sie die schrecklichen Bilder des

vergangenen Ereignisses zu verdrängen. Zusammenreißen, Ingeborg, zusammenreißen. Egal, was passiert, heute Nacht gehört er nur dir allein.

Warmes Wasser umschmeichelte ihren Leib wie eine liebevolle Umarmung. Diese heiße Dusche war ein Segen. Mut kehrte in die verzweifelte Frau zurück.

In stürmischen Zeiten erinnerte sie sich immer an ihr Lieblingsmärchen, »Die Rosenkönigin«. Die Geschichte der Liebenden ging gut aus, warum also nicht auch ihre eigene? Seit ihrer Kindheit liebte sie die wunderschönen Blumen, die ihr stets das Gefühl von Geborgenheit und Zuversicht gaben. Rosenparfum spritzte auf ihr Dekolleté und hinterließ ein prickelndes Gefühl.

Kurz kam ihr die Erinnerung an ihre erste erotische Begegnung mit Helmut, bei der sie genauso aufgeregt war wie jetzt. Schnell streifte sie noch den Bademantel über und sah in den Spiegel, der eine Frau mit laszivem Blick zeigte. Werd bloß nicht albern auf deine alten Tage, Mädchen. Vom Schlafzimmer aus erhellte gedämpftes Licht den dunklen Flur. Barfüßig schlich Ingeborg zu ihrem geliebten Gatten. Voll freudiger Erwartung gab sie der angelehnten Tür einen Stoß, aber das Bild, das sich ihr darbot, war wenig erfreulich. Helmut lag auf dem Bauch und schlief tief und fest.

Beruhige dich, Ingeborg, du kannst ihn sanft wecken. Küsse an Nacken und Hals hatten nicht den gewünschten Effekt. Sie rüttelte an ihrem Gatten. »Helmut, Helmut!« Mehr als eine Art Brummen gab der Bürgermeister nicht von sich. Plötzlich wandte er sich von Ingeborg ab und drehte sich schnarchend auf die andere Seite. Nicht weinen, Ingeborg, nicht weinen. Nackt kuschelte sie sich an Helmut in der Hoffnung, er könnte davon aufwachen und ihr die versprochene gemeinsame Nacht schenken.

19

Hauptkommissar Frank Talberg richtete die Dienstwaffe auf den Bürgermeister. »Sie sagen uns jetzt sofort, wo Ihre Frau ist, verstanden!«

In der linken Hand hielt er das Geständnis von Ingeborg Stramm, mit dem er vor Stramms Gesicht herumwedelte. Am Morgen war wieder ein mit Rosenduft besprühter Brief im Präsidium eingegangen. Seitdem waren bereits mehrere Stunden vergangen ohne jede Spur der Täterin. Die Zeit wurde knapp für die Beamten, da Ingeborg schlecht einzuschätzen war. Wozu war die unter Medikamenten stehende Frau fähig?

Lange Gespräche im Verhörzimmer brachten den Politiker nicht zum Reden. Er nahm die Beweise und sogar das Bekennerschreiben seiner Frau nicht ernst. Ohne seinen Anwalt würde er sowieso nichts erzählen.

Anton Strahl kauerte in der Ecke und schüttelte nur den Kopf. Bei seinem Chef schienen die Nerven blank zu liegen.

»Erschießen Sie mich doch, Talberg, mein Leben ist eh zerstört. Ich werde zurücktreten müssen, meine Ehe ist im Eimer ...«

»Sie haben noch eine junge Tochter, Herr Stramm!«

Jetzt blickten sich beide Männer direkt ins Gesicht. Angst und Verzweiflung spiegelten sich in Stramms Augen.

Talberg steckte die Waffe weg.

»Wir machen einen Deal, Talberg. Sie behalten die Geschichte für sich und ich, dass Sie mich mit einer Pistole bedroht haben. Beamter Strahl hat von all dem nichts gehört und nichts gesehen, sonst kann er sich auf etwas gefasst machen. So verhandeln nun mal zwei alte Hasen, Anton, Sie können dabei noch was lernen.«

Talberg nickte zustimmend. Sein einziges Ziel war gerade nur, Ingeborg Stramm zu finden.

Das schweigsame Gegenüber beugte sich über den Tisch, der ihn von Talberg trennte, und sprach direkt zu ihm: »Glauben Sie mir, das mit der kleinen Marie tut mir sehr leid. Aber verstehen Sie mich doch, ich kann meine Frau nicht ans Messer liefern.«

Talbergs Miene verfinsterte sich. Er bereute sofort, die Waffe voreilig weggesteckt zu haben. Anton Strahl war ganz in sich gekehrt und hoffte auf ein gutes Ende.

✿

Blut tropfte von der Kirchenbank in der kleinen Kapelle von St. Laurentius. Ein großer Strauß roter Rosen war vor der heiligen Jungfrau Maria ausgebreitet. Das Licht der zahlreichen Opferkerzen warf den Schatten einer niederknienden Person an das kalte Kirchengemäuer. Mit zum Gebet gefalteten Händen bat Ingeborg Stramm um Vergebung für ihre Sünden. Jetzt wollte sie sich als Opfer anbieten, damit die schöne Marie auferstehen und weiterleben konnte.

Aus beiden Pulsadern rann das Blut und schwächte zunehmend die geständige Mörderin. »Bitte, Jungfrau Maria, gib Marie frei. Ich hab es doch nicht gewollt! Nimm mich dafür. Ich bin alt und blöd, so blöd, dass ich nicht mal der

Richtigen was angetan hab. Alle werden mich dafür auslachen. Ich höre die Hätzfelder jetzt schon sagen: Nicht mal das hat die Frau Bürgermeister in ihrem Leben hingekriegt.«

Das Gesicht der Madonna verschwamm vor ihren Augen. Schwindel machte sich in ihrem Kopf breit. Nimm dich doch zusammen, du dumme Kuh! Der Handel mit dem Tod ist bereits mit Blut besiegelt.

Die massigen Hände versuchten sich an der Bank festzuhalten. Vergeblich. Ein dumpfer Schlag hallte durch die Kirchengänge. Ingeborg Stramm war niedergesunken und lag mit geschlossenen Augen am Boden.

Paula Sprung unterbrach ihre Putzarbeit am Altar. Blitzschnell lief sie in die Richtung, aus der der Lärm gekommen war. »Allmächd nah! Ned scho wieder a Dode!«

Die »Gscheide« kniete sich vor Ingeborg hin und fühlte erleichtert deren Puls. »Mensch Mädle, sei doch ned so dumm.« Besorgt sendete sie ein Stoßgebet Richtung Himmel.

Die von einem Ministranten alarmierten Einsatzkräfte ließen nicht lange auf sich warten. Talberg war sehr froh, am Unglücksort kaum neugierige Passanten anzutreffen. War das alles für die verkorkste Seele der Frau schlimm genug, so mussten nicht noch zahlreiche Heidingsfelder Zeuge sein. Dem Bürgermeister und seiner Gattin stand eine schwere Zeit bevor, so viel war gewiss.

Es roch sehr stark nach Desinfektionsmittel, für Helmut Stramm so unerträglich wie die gesamte Situation, in der er sich befand. Am liebsten wäre er aus dem Krankenwagen ausgestiegen, hätte die schwere Schiebetür zugezogen und all die

Probleme und das Leid dahinter zurückgelassen. Für diese Gedanken hasste er sich. Ratlos hielt er die Hand seiner Frau, für deren Handeln er keinerlei Verständnis hatte.

Als könnte Ingeborg die Gedanken ihres Mannes lesen, sprach sie leise: »Ich liebe dich doch Helmut, ich liebe dich!«

»Nicht sprechen, du brauchst deine Kraft.« Diese kleine Ermahnung war alles, was er ihr gerade geben konnte.

»Ich will ja ned unverschämd sei, aber wer machd'n jetzt die Sauerei dadrinne wech?« Gerade wollte der Hauptkommissar Paula Sprung noch für ihr mal ausnahmsweise taktvolles Verhalten danken, aber so schnell konnte sich das Blatt wenden.

»Diesmal sind Sie dafür zuständig.«

Die Alte protestierte, doch Talberg erinnerte sie an die Mittäterschaft beim Errichten des Opferrituals am Heigelsbach. Da hatte auch jemand anderes die Sauerei weggemacht und nicht das verantwortliche Trio. Außerdem musste sie sich deshalb sowieso noch auf rechtliche Schritte gefasst machen.

Kopfschüttelnd und mit einer abfälligen Handbewegung beendete die »Gscheide« das Gespräch. Grinsend, obwohl Frank Talberg alles andere als zum Lachen zumute war, ging er zurück zum Polizeipräsidium. Er verspürte ein Stechen in der Magengrube. Die ganze Mordgeschichte wird ein schlechtes Ende nehmen, dessen war er sich sicher. Es gab nur allzu viele mächtige Leute, die schützend die Hand über den Bürgermeister und seine Familie hielten. Leider war Recht nicht immer gerecht. Oft wurden Tatsachen verdreht und die Wahrheit kam nie ans Licht.

20

Einen Tag später veranlasste das Bürgermeisteramt eine Pressekonferenz. Die ganze Nacht waren Helmut Stramm und seine PR-Berater zusammengesessen. Stellvertretend für die Polizei zogen sie Peter Bergmann ins Vertrauen. Talberg war von Anfang an klar gewesen, dass die Wahl nicht auf ihn fallen würde. Er war froh über die Entscheidung, nicht an dem Kasperltheater teilnehmen zu müssen.

Der große Sitzungssaal im Rathaus war voll besetzt. Anna Gutberg saß zusammen mit ihrem Sohn in der letzten Reihe. Sie trug eine schwarze Sonnenbrille und eine schwarze Robe. Mit einem Fächer in der rechten Hand wedelte sie sich Luft zu. Markus Pajak stand an die Wand gelehnt neben Sophia und ihrer Mutter. Ängstlich blickte er sich um. Schließlich war sein Ruf derzeit nicht der beste bei den Heidingsfeldern.

Ob der Entschluss des Bürgermeisters so geschickt war, Familie sowie alle Hauptdarsteller des Falls einzuladen? Aus Sicht von Reporter Mike Funke eine geniale Idee. Sein Blick verfolgte jede Bewegung, gar jeden Atemzug der wichtigen Gesellschaft. Hauptkommissar Frank Talberg und das gesamte Polizeiaufgebot taten es ihm gleich, aber aus anderen Gründen. Sicherheit statt auflageerhöhende Dramen war das Ziel der Beamten. Anton Strahl stand mit ein paar Frischlingen der Polizeischule am Ausgang.

Auch Sarah Bergmann war gekommen. Sie sah sehr schön in ihrem roten Strickkleid aus. Ihre dunklen Haare waren hochgesteckt und ließen ein paar Strähnen ins Gesicht fallen. Wie gewohnt trug sie roten Lippenstift. Talberg erwiderte ihr Lächeln, konzentrierte sich aber sofort wieder auf das Geschehen im Saal.

Ein kleiner dicklicher Mann begrüßte die gespannten Zuhörer. Große Schweißflecken zeichneten sich auf dem lila Hemd des Moderators ab. Nervös fuchtelte er beim Sprechen mit den Armen. Er übergab sogleich das Wort an einen hochgewachsenen älteren Herrn mit Schnauzer. Sachlich, mit ruhiger dunkler Stimme begann dieser über das Krankheitsbild von Ingeborg Stramm zu berichten. Laut dem Gutachten leide die arme Frau an einer Psychose mit Wahnvorstellungen und befand sich in einer psychiatrischen Klinik in der Schweiz. Am Tatabend muss sich die psychisch Labile aus einem Angstschub heraus von Marie Gutberg bedroht gefühlt haben, was den schlimmen Unfall zur Folge hatte. Dass die Gattin des Bürgermeisters jedoch eine Gefahr für andere Mitmenschen darstellen konnte, war zu diesem Zeitpunkt noch nicht nachweisbar gewesen.

Peter Bergmann erklärte, dass Marie von Stramms Frau angegriffen worden war und dabei vom Geländer stürzte. Unglücklich war der Aufprall im Bachbett, der einen tödlichen Genickbruch zur Folge hatte.

Währenddessen saß der sonst so große und kräftige Mann in sich zusammengesackt neben seinen Fürsprechern. Dem Bürgermeister gefiel das Ganze hier nicht, er fühlte sich mitschuldig am Tod der schönen Marie.

Ein lautes kehliges Lachen unterbrach die Berichterstatter. Anna Gutberg meldete sich zu Wort. »So, Schluss mit dem ganzen Theater! Wollen Sie mir etwa weismachen, dass die Stramm das eigentliche Opfer ist?« Herausfordernd und fragend blickte sie in erstaunte Gesichter.

»Eine psychisch kranke Frau ist oft schwer einzuschätzen und ...«

Sie schwang ihren Fächer als Zeichen für den Mediziner, sofort zu schweigen. »Erzählen Sie mir keine Märchen, ein paar Tage vor der Tat war sie noch mit ihrem Frauenkreis bei uns zu Gast im Weingut. Sie wirkte klar und fröhlich, trank Wein und tanzte. Sicher, sie neigt zu Depressionen, wahrscheinlich die Wechseljahre. Aber das, was Sie uns hier weismachen wollen, eine unkontrollierbare Bestie mit Wahnvorstellungen in unserer Mitte gehabt zu haben, ist lächerlich.«

Die Leute steckten die Köpfe zusammen. Hier und da gab es bestätigende Zwischenrufe.

Jetzt war die alte Gutberg ganz in Fahrt und erhob sich von ihrem Stuhl. »Wenn die Mörderin nicht die Frau des Bürgermeisters wäre, würden wir hier gar nicht sitzen. Was zahlt er Ihnen für dieses medizinische Gutachten? Was zahlt er? Ich zahle Ihnen für ein wahrheitsgetreues das Doppelte!«

Die Stimmung heizte sich auf. Anna Gutberg hatte die pöbelnde Menge auf ihrer Seite. Wenn es um Reich gegen Arm oder die Mächtigen gegen das kleine Volk ging, gab es immer einen Aufstand.

Zeitungsreporter Mike Funke nutzte die Gelegenheit, schmutzige Wäsche zu waschen. Er konfrontierte den Bürgermeister mit seinen neuesten Recherchen, die darlegten, dass der behandelnde Arzt für Psychiatrie ein alter Freund aus Bundeswehrzeiten war. Gleich darauf zückte er ein paar

Fotos, die Helmut Stramm mit seiner Gattin am Tatabend flirtend und lachend im Restaurant zeigten. »Sieht so eine wütende Bestie aus?« Diese Frage stellte Funke vielmehr den sichtlich erbosten Heidingsfeldern.

Der völlig schweißdurchnässte Moderator versuchte das Wort an sich zu reißen, um so das Gespräch wieder in vernünftige Bahnen zu lenken. »Trotz der Umstände sollten wir doch höfliche Umgangsformen pflegen und den Herrn Bürgermeister Stramm zu Wort kommen lassen.«

Alle Augenpaare richteten sich auf den verloren wirkenden Politiker. Ein Sprecher des Amtes erhob sich und wollte die Konferenz aus Sorge, der Bürgermeister könne dem Druck nicht standhalten, sofort abbrechen. Doch dieser signalisierte seinem Berater, sich wieder hinzusetzen.

Jetzt richtete sich der Verhärmte in seiner vollen Größe auf und sprach: »Ich bin schuld am Tod von Marie Gutberg. Zu lange habe ich meine Ehefrau belogen und geschwiegen. Sie dachte, Marie sei Sophia Maier und dass ich ein Verhältnis mit ihr hätte, aber das stimmt nicht, denn Sophia ist meine leibliche Tochter.« Dabei blickte er kurz hinüber zur »grünen Eva«. Aus dem Augenwinkel sah er seine Tochter aus dem Saal stürmen. Daraufhin folgte ihr Markus Pajak und auch Eva kehrte ihm den Rücken.

Ein Raunen ging durch den Raum. Anna Gutberg versuchte, Eva am Ausgang des Saals einzuholen. Theatralisch schritt sie in ihrem langen Kleid den Fächer schwingend zur Tür. »Das wird Folgen für Sie alle haben, das schwöre ich bei meiner Seele.« Lächelnd fügte sie dem noch hinzu: »Na ja, die Mutter 'ne Schlampe, so ist die Tochter eben auch ein

Flittchen, das allzu schnell die Beine breit macht.« Prompt spuckte sie den Maiers vor die Füße und verschwand daraufhin rasch durch den Hinterausgang des Rathauses.

Talberg wollte Eva zu Hilfe kommen und Sophia samt Pajaks sicher nach Hause bringen, doch er wurde im Saal gebraucht. Sarah Bergmann übernahm sein Anliegen. Der Bürgermeister konnte sich vor wutentbrannten Bürgern, schimpfenden Frauen und spitzen Journalistenfragen kaum retten. Talberg und Bergmann brachten den Bürgermeister an einen sicheren Ort, während die anderen Beamten die Besucher der Konferenz nach draußen begleiteten. Mike Funke verabschiedete sich gut gelaunt per Luftkuss beim Hauptkommissar. Der hätte dem Schmierfinken gern den Hals umgedreht.

21

Sie rannte, so schnell ihre Beine sie tragen konnten. Die sonst so widerspenstigen Locken klebten ihr, vom Regen durchnässt, streng an Kopf und Gesicht. Schwerfälliges Atmen und Keuchen unterbrachen die Stille der Nacht. Unüberhörbar knackte zertretenes Geäst hinter Sophia. Blitzschnell drehte sich das Mädchen um. War ihr etwa jemand gefolgt? In der Dunkelheit konnte sie niemanden ausfindig machen. Nur keine Angst, Sophia, hier draußen, Richtung Steile Wand, ist um diese Uhrzeit bestimmt keiner mehr unterwegs. Sie versuchte sich zu beruhigen, ehe der Weg eine Biegung in ein Waldstück machte. Nur noch wenig Meter entfernt stand die verlassene Hütte, die Marie und Sophia seit der Kindheit als Zufluchtsort diente. Beim Eintreten rief der vertraute Duft von feuchtem Holz Tränen auf dem Gesicht der schönen jungen Frau hervor. Die angezündeten Kerzen erhellten den Raum und gaben zahlreiche Erinnerungen frei. In der Mitte der Hütte lag ein flauschiger Teppich. Sophia nahm im Schneidersitz darauf Platz und schloss die Augen. Marie, es tut mir alles so leid, ich vermisse dich so sehr. Ein Knarren an der Tür sorgte für ein ungutes Gefühl. Um sich abzulenken, schaltete sie den alten Kassettenrekorder auf dem Regal ein. Maries Lieblingslied, auf das die Mädchen oft getanzt hatten, ertönte laut bis weit in den Wald hinein. Sie wirbelte ihren Kopf hin und her, bewegte dazu rhythmisch ihren Körper. Die bereits müden Beine gaben nach. Sophia landete etwas unsanft auf dem Holzboden. Der »Play«-Knopf des Rekorders sprang in seine Ausgangsposition zurück und verkündete so das Spielende der Musikkassette. Kleine Ringe aus Rauch stiegen langsam zur Decke empor. Sophia lag auf dem Rücken und paffte eine Mentholzigarette. Was zunächst, am vierzehnten Geburtstag von Marie, als Mutprobe galt, hatte sich im Lauf der Jahre zu einem lustigen Zeitvertreib der Freundinnen entwickelt.

Zu verkraften, dass Helmut Stramm ihr Erzeuger war, war eine Sache, dem eigenen Tod um Haaresbreite entkommen zu sein, eine ganz andere. Ihre Gedanken kreisten bereits seit Tagen um diese Tatsache. Angeblich weiß die Alte noch nichts von einem unehelichen Kind ihres braven Gatten. Schonen wollten sie die arme kranke Frau. Wer hat denn Rücksicht auf mich und meine Mutter genommen? Niemand! Wie Schwerverbrecher haben sie uns auf der Pressekonferenz behandelt, vor allem Anna Gutberg mit ihrer erniedrigenden Aktion. Eigentlich müsste ich der Stramm eins auswischen. Ich könnte ihr einen gemeinen Brief schreiben und ihr die reine Wahrheit auftischen. Dann behaupte ich noch, ihr Mann hätte jahrelang ein Doppelleben mit zwei Familien geführt. Ein paar aufschlussreiche Zeitungsberichte der letzten Tage würden die liebevollen Zeilen sicherlich noch abrunden. Lächelnd fiel sie in einen tiefen Schlaf.

Am nächsten Morgen wachte Sophia auf. Sie schrak zusammen. Jemand war bei ihr. Ihr kleiner Bruder Niklas lag eng angeschmiegt bei ihr. Erschrocken richtete sie sich auf. »Bist du bescheuert? Was machst du denn hier?« Niklas öffnete die Augen und sah seine Schwester mit flehendem

Blick an: »Bitte nicht schimpfen! Ich bin dir gefolgt, du sollst nicht allein weggehen! Nicht, dass dir jemand was Schlimmes antut.« Er schloss fest die Arme um seine Schwester, die Tränen in den Augen hatte.

22

Mit 16 sagte ich still: ich will, will groß sein,
will siegen, will froh sein, nie lügen.
Mit 16 sagte ich still: ich will, will alles oder nichts.
Für mich soll's rote Rosen regnen,
mir sollten sämtliche Wunder begegnen,
die Welt sollte sich umgestalten
und ihre Sorgen für sich behalten ...

Hildegard Knefs Lied drang viel zu laut auf den Gang der Nervenanstalt in Bern. Martin, der Pfleger, spürte, dass etwas hinter der Zimmertür nicht stimmte. Er hatte Angst vor der Situation, die da auf ihn warten mochte. Seine Hand weigerte sich, die Türklinke zu drücken. Mittlerweile tummelten sich Patienten wie Pfleger auf dem Gang des dritten Stocks der Abteilung B. Marianne, die Dienstälteste, schob Martin sanft zur Seite, während die restlichen Schwestern versuchten, für Ruhe zu sorgen. Die Tür wurde geöffnet. Sie fanden Ingeborg Stramms Körper leblos von der Decke hängend. Diesmal hatte die Bürgermeistergattin auf Nummer sicher gehen wollen. Keiner sollte sie mehr demütigen. Ein Meer aus Rosenblüten verteilte sich im ganzen Raum. Auf dem Schreibtisch lagen ein paar Seiten eines Briefs ohne Absender. Zeitungsartikel umrahmten das Geschriebene.

✿

Das Telefon klingelte immer wieder in Abständen von einigen Minuten. Helmut Stramm brauchte den Hörer nicht abzunehmen, er wusste auch so, was geschehen war. Er ging auf das Porträt seiner Frau zu, die lächelnd vom Wohnzimmerschrank zu ihm hinübersah.

»Es ist gut so, wie es ist, Helmut, wir hätten das eh nicht mehr gemeinsam geschafft. Jetzt bist du frei und ich endlich auch!« Ihm war, als hätte er die Stimme seiner Frau gehört. Tränen füllten die Augen des gestandenen Mannes. Endlich konnte er loslassen und fühlte sich leicht. Er nahm das Bild und küsste die Lippen seiner Gattin ein allerletztes Mal. Dann ging er zur Tür hinaus.

✿

Die Beerdigung von Ingeborg Stramm fand unter Ausschluss der Öffentlichkeit statt. Proteste vor dem Friedhof störten die Zeremonie. Gegner wollten der Mörderin keine letzte Ruhestätte in Heidingsfeld gewähren. Unter ihnen schrie auch Anna Gutberg hetzerische Parolen. Das Gericht sprach anhand des zweiten medizinischen Gutachtens die Frau des Bürgermeisters voll schuldfähig im Fall Marie Gutberg, was bei den Einwohnern von Hätzfeld für noch mehr Missgunst gegenüber den Stramms sorgte.

Frank Talberg und Anton Strahl waren ebenfalls anwesend, um die Familie vor möglichen Übergriffen zu schützen. Die älteste Tochter von Helmut Stramm war nicht gekommen. Sie wollte ihre Mutter, die ein Menschenleben auf dem Gewissen hatte, nicht zu Grabe tragen. Sebastian hingegen stand seinem kraftlosen Vater bei. Er liebte die Mutter, egal, was sie getan hatte. Für die Hintergründe, die schließlich zur Tat geführt hatten, gab er dem Familienoberhaupt die Schuld. Aber diese Vorwürfe mussten noch eine Weile warten, ehe sie zur Sprache kommen würden. So einfach wollte er es dem Vater nicht machen.

Das Personal des Beerdigungsinstituts stand unter Zeitdruck. Nervös kaute der grauhaarige Mann vom Bestattungsunternehmen auf seinem Fingernagel. Der Pfarrer hätte schon längst hier sein müssen. Auch Talberg blickte auf die Uhr und bemerkte die zwanzigminütige Verspätung.

Plötzlich ertönte lautes Geschrei auf der Straße.

»Wie können Sie es wagen, eine Mörderin zu segnen!« Anna Gutberg baute sich vor dem Geistlichen auf.

Die beiden Ministranten schauten sich ängstlich an. Der kleine Paul verkroch sich hinter dem viel zu großen Kreuz, das er mit Hilfe eines Etuis am Gürtels trug. Max wedelte wie wild mit dem Weihrauchbehälter, so dass die ersten Protestler husteten.

»Frau Gutberg, jetzt ist nicht der richtige Zeitpunkt, über solche Dinge miteinander zu sprechen. Gott allein hat das Recht, ein Urteil über unsere Ingeborg zu fällen.«

»Ach, verschonen Sie mich doch mit diesem naiven Geschwätz.« Die Alte machte eine abfällige Handbewegung und gab ihrer Gruppe ein Zeichen, mit ihren Sprechgesängen fortzufahren.

»Bitte, bitte, meine Damen und Herren, kommen Sie doch zur Vernunft.« Machtlos stand der Diener Gottes vor dem brüllenden Volk.

Mittlerweile entwickelte sich die Weihrauchwolke zu

einer echten Bedrohung. Schwindelanfälle in der ersten Reihe machten sich bemerkbar.

»So höre doch auf, du dummer Junge.« Anna Gutberg schimpfte den Buben, der achselzuckend seinen Kameraden ansah. Eine Schwangere erlitt einen Kreislaufzusammenbruch und ein Krankenwagen musste gerufen werden. Jetzt waren auch Talberg und Strahl zur Stelle und redeten mit der erbosten Menschenmenge. Unter ihnen war auch Greta König, die etwas zurückwich, als sie Strahl erkannte.

»Was die Kleine nur immer mit Ihnen hat, Strahl?« Talberg amüsierte sich. »Nicht aufgeben, andere Mütter haben auch schöne Töchter!« Väterlich klopfte er seinem jüngeren Kollegen auf die Schulter, der beschämt zu Boden blickte.

Einige aus der Menge hatten bereits wegen des starken Rauchs hustend aufgegeben.

»Glauben Sie bloß nicht gewonnen zu haben, Talberg!« Die alte Gutberg geiferte den Hauptkommissar an.

»Ich wusste gar nicht, dass ich mich in einem Kampf befinde«, erwiderte der. Wütend machte Anna auf dem Absatz kehrt und kümmerte sich um die Schwangere.

Niemand interessierte sich mehr für den Geistlichen, der leise mit seinen Messdienern den Friedhof betrat. Erleichtert blickte er zum Himmel und flüsterte: »Danke, mein Herr, für den kleinen fleißigen Max.« Nun konnte die Trauergemeinde Ingeborg auf ihrem letzten Weg begleiten.

23

Trotzig nahm die alte Frau ihr Strickzeug aus der Tasche. Demonstrativ ging sie ihrer Handarbeit nach. Bereits den ganzen Vormittag schien die warme Herbstsonne in das Büro des Hauptkommissars. Die Jalousien hielten die Wärme nicht gut ab. Talberg wollte deshalb das Gespräch so schnell wie möglich beenden.

»So kommen wir nicht weiter, Frau Sprung. Genug Möglichkeiten haben Sie ja. Entweder Sie zahlen die 350 Euro Bußgeld für Ihr Vergehen am Heigelsbach oder Sie leisten Sozialstunden.«

Paula Sprung ignorierte die ganze Situation, in der sie sich befand. Lächerlich erschien ihr die Anzeige, die sie aufgrund der Teilnahme am Opferritual erhalten hatte.

»Gut, Sie können Ihre Strafe auch im Gefängnis absitzen. Ich glaube, Sie sollten jetzt Ihren Anwalt anrufen.«

»Wen? Mein' Anwald? Des is ja wie im Fernsehn, da solle di des a immer mach. Ich wes gar ned, wenn i da anruf solld.«

Genervt wählte Talberg eine Nummer und gab ein paar kurze Anweisungen. Mit Protest kommt man also doch zum Ziel. Freudig grinste die »Gscheide«. Zwei Männer in Uniform betraten Talbergs Büro. »Abführen, JVA Würzburg, die wissen Bescheid.«

Gerade wollten die Beamten Paula Sprung aus ihrem Stuhl helfen, als diese den beiden auf die Finger schlug. »Momend, des könne Se doch ned mach!«

»Was glauben Sie, was wir alles können.« Talberg machte es sich in seinem Ledersessel gemütlich und fixierte genüsslich das vor Angst zitternde Frauchen.

»A alde arme Fraa ausnehm, des könne Se gud. 350 Euro, da müsse annere viel für schaff.«

»Sie ja zum Glück nicht, Frau Sprung. Wenn ich richtig informiert bin, besitzen Sie drei vermietete Häuser in Heidingsfeld und zwei Weinberge in der Umgebung.« Talberg blätterte in der blauen Akte auf seinem Schreibtisch und blickte fragend in zwei wütende graue Augen.

»Schicke Se die Affe da wech, hier ham Se Ihr Geld!« Aus der Rocktasche zog sie ein besticktes braunes Portemonnaie. Eifrig zählte Paula die Scheine ab und warf sie verächtlich auf den Tisch.

»Warum nicht gleich so!« Talberg sammelte die erbrachte Schuld ein und nickte den wartenden Kollegen zu.

Der Fall Marie Gutberg war nun abgeschlossen. Ein trauriges Ende, zwei tote Frauen waren zu beklagen.

»Ich bedanke mich für die meist reibungslose Zusammenarbeit.« Peter Bergmann lächelte etwas gequält und schüttelte Frank Talberg und Anton Strahl die Hand.

Ab Montag würde im Polizeipräsidium Heidingsfeld endlich wieder die ersehnte Ruhe einkehren. Zu lange war die geballte Kompetenz in Sachen Ermittlung aufeinandergesessen.

Frank Talberg klopfte Bergmann kameradschaftlich auf die Schulter. »Danke, dass Sie mir Ihre Exfrau rund um die Uhr zur Verfügung gestellt haben. Ich war mit ihrem Können sehr zufrieden!«

Die Augen des Chefs der Würzburger Polizeiinspektion verengten sich. Er atmete einmal tief durch, um zu erwidern: »Deshalb freut sich das Team samt Oberhaupt, Sarah wieder ganz für sich alleine zu beanspruchen.«

Jetzt lagen sich die beiden, den Blickkontakt haltend, fast in den Armen. Sarah Bergmann konnte sich kaum das Lachen verkneifen und erlöste die Ringer aus ihrer Kampfhaltung. Sie umarmte Talberg und gab ihm einen Abschiedskuss auf die Wange, dabei hauchte sie leise »Wir sehen uns« in sein Ohr. Er nickte zustimmend und brachte die Kollegin nach draußen.

24

Auf fünfundzwanzig Quadratmetern konnte man sich genauso heimisch fühlen wie in einem großen Haus. Ein Bett, ein kleiner Schreibtisch sowie ein Kleiderschrank möblierten das Zimmer in der Klingenstraße. Das Bad befand sich auf dem Gang, aber nur Talberg benutzte es. Zufrieden zog sich der Hauptkommissar an, um nach unten in die Gaststube zum Frühstücken zu gehen.

Duft von frisch aufgebrühtem Kaffee und Rührei erfüllte die Weinstube. Frank Talberg genoss seinen ersten freien Sonntag seit dem Mordfall. Die Sonntagszeitung lag exakt gefaltet auf dem eingedeckten Tisch. Hedwig hatte extra für Frank alle Kerzen in den ausgehöhlten Kürbisköpfen auf den Fensterbrettern der Weinstube angezündet. Sie sorgte sich wie eine Mutter um ihren Schützling und machte ihm gerne eine Freude.

Der Tod von Ingeborg Stramm erschütterte Talberg. Er hatte nicht mit einem weiteren Selbstmordversuch gerechnet. Aus seinem Geldbeutel zog er ein Foto und lehnte es an die Blumenvase auf dem Frühstückstisch. Stillschweigend betrachtete der einsame Hauptkommissar das Bild seiner kleinen Familie aus früheren Münchener Tagen. Was die heute erwachsene Tochter wohl macht und wie es ihr geht? Jedes Jahr schickte Talberg ihr anonym eine Geburtstagskarte. Er war sich sicher, dass sie insgeheim wusste, wer der Absender war. Irgendwann wird er den Mut für ein Wiedersehen haben.

Ein lautes Hupen unterbrach seine Gedanken. »Das ist sicher für Sie, Frank.« Die alte Hedwig blickte, auf Zehenspitzen stehend, aus dem Fenster.

»Wer um alles in der Welt stört mich denn jetzt schon wieder?« Wutentbrannt ging Talberg hinaus auf die Straße, um den Störenfried in seine Schranken zu weisen.

Sarah Bergmann lehnte lächelnd an einem Motorrad. »Na los, Frank! Das ist heute vielleicht der letzte schöne Tag im Jahr. Oder willst du ewig mit deinen Dämonen unter einem Dach hausen?« Sie hatte recht, vielleicht war es Zeit für einen Neuanfang.

Epilog

Mit dem Einzug der kalten Jahreszeit kam endlich die erhoffte Ruhe nach Heidingsfeld. Es tat den Bewohnern des Städtle gut, die Gedanken auf andere Dinge zu richten. Der erste Schneeregen hinterließ eine dünne Eisschicht auf den letzten bunten Blättern. Man rüstete sich für den bevorstehenden Winter. Zwei wachsame Augen, die stets von der Fassade des Rathauses über Heidingsfeld blickten, beobachteten als einzige Zeugen, wie die letzten stofflichen Beweise des Mordes vom Strom des Heigelsbachs für immer davonflossen. Eine Reihe grüner Pailletten, die einst zu einem Kostüm gehörten, glitzerten im Wasser kurz auf, ehe sie untergingen.

Auf einer Bank saß ein kleiner Junge und freute sich über die Botschaft der Wolken am Himmel. Zwei junge Verliebte flogen nach Australien, um das zu tun, was die Dritte im Bunde nicht mehr tun konnte. Auch manch andere Leute fanden ihren Frieden, manche leider nicht.

In einer Weinstube gab eine alte Frau, von allen nur die »Gscheide« genannt, den neuesten Klatsch und Tratsch zum Besten. »Wenn ich's euch doch sach, des warn der Haupdkommissar und die schöne Gerichdsmedizinerin ... und der Glee von der grüne Eva, der siehd aus wie der Talberch ...«

Und am Tresen saß ein fleißiger Journalist, der amüsiert das ganze Geschehen unbemerkt mit seinem Handy filmte.

HERZLICHEN DANK an meine fleißigen Testleser Marco Kölln, Olga Eismont-Kölln, Isolde Heim-Weidinger und Birgit Ruppert sowie an Peter Hellmund und meine Lektorin Monika Thaller. Alle haben einen entscheidenden Beitrag geleistet, um „Die Rosenkönigin" in ihrer vollen Blüte erstrahlen zu lassen.

Corina Kölln
DIE ROSENKÖNIGIN

Gestaltet von Peter Hellmund
Gedruckt und gebunden von CPI - Clausen & Bosse in Leck
Lektoriert von Monika Thaller

Zweite Auflage 2014
ISBN 978-3-939103-52-3

www.buchverlag.hellmund.de